夏小希（繁體字版）

MISS XIA (A NOVEL WRITTEN IN TRADITIONAL CHINESE CHARACTERS)

B杜

British Library Cataloguing-in-Publication Data. A CIP catalogue record for this book is available from the British Library.

ISBN 978-1-915884-34-3 (ebook)

ISBN 978-1-915884-33-6 (print)

For my Family

第一章/沒爹的孩子

夏小希的父親有1/4的南歐血統，體貌特徵是白皮膚、暗髮色、大眼睛、高鼻樑、身材勻稱等。也正因為這一身的好皮囊，一個在燒味店負責斬切，連張像樣的文憑都拿不出手的師傅才能讓一個女人傾心，不僅甘心為他生兒育女，而且主動冠上夫姓。

"在妳之前，我還懷過一個，男的，可惜在妳父親的拳打腳踢下，最後流掉了。"夏母邊縫補衣裳邊不帶感情地說，昏黃的燈光下，顯得越發淒涼。

"妳一定恨死他吧？！"夏小希說。

"恨過，但又有什麼用？"她母親停下手中的動作，若有所思，"也不知他在美國過得怎樣，別又給妳帶來弟弟妹妹們，他這個人啊！光說不練，但有些女人就喜歡那調調兒。"

這段對話除了說明夏小希的父親頗受女人歡迎外，還間接點出這對母女的處境。據夏母交代，"那個男人"聽信朋友的花言巧語，選擇到美國賺白花花的美元，結果跳船後便音訊全無，成功把債務留給國內的妻子和女兒。換言之，夏小希打從有記憶起就沒見過這個"人渣"，若不是牆上掛著一張全家福照片，她恐怕要懷疑母親無中生有，為的是掩蓋未婚生女的難堪。

"媽，我們什麼時候搬家？"夏小希問。

"等還清債務再說。"她母親答。

"那得等到什麼時候？"

"快了。"

這句"快了"，夏小希等了近十年，從小二等到高二，再不搬，她和柳易就要"被成婚"了。

"妳知道同學們怎麼說我和柳易？"她問母親。

像往常一樣，只要牽扯到流言蜚語，夏母一概沉默以對。

等不到母親的回覆，夏小希主動公佈答案——同學們說她是柳家的童養媳。

"怎麼會是童養媳？"夏母驚呼，"當童養媳苦死了，哪像柳老闆，一直對妳客客氣氣的，就別提他還給學校捐了一大筆錢，好讓妳能跟柳易一樣入讀私校，妳呀！就知足吧！"

夏小希承認母親說的是事實，但這並沒有解開她長久以來的心結，好比一向勤快的母親，為什麼總要把清洗碗盤的工作留到夜裡十點以後？

"縫好了！"夏母遞過來手中的藍裙子，"妳試穿一下，看長度夠不夠。"

學校規定女學生的裙子得過膝，夏小希起初不以為意，直到朝會時被教導主任當眾點名，這才火急火燎地向母親求助。

"過膝了沒？"已經換上學生裙的夏小希原地打了個轉後問。

"過了。"她母親直勾勾地盯著她瞧，"還好裙子預留了長度，待會兒熨燙一下就行。"

"妳為什麼這麼看著我？"

"以前沒發現，今日一看，原來我女兒已經長這麼大了。"

夏小希睨了母親一眼，反問難道飯都白吃了？如果她沒長大，做母親的才要著急呢！

想當初搬進柳宅時，夏小希的身高尚不足一米二，如今卻已亭亭玉立，而且身材凹凸有致，夏母若該著急，想必也是擔心自己的女兒被人惦記著。

"時候不早了，我得去收拾廚房了。"夏母忽然說。

夏小希望向牆上掛鐘，十點一刻。

"妳收拾完是不是馬上回房？"她問母親。

"當然，否則還能上哪兒去？"

夏小希欲言又止，最後還是把話吞下。

一個小時後，夏母回房，緊接著上床。沒多久，震耳欲聾的打呼聲傳來。

"柳老闆知道母親睡覺打呼嗎？"

腦海一產生這個念頭，夏小希立刻甩頭，想把所有骯髒的東西都甩掉，她該煩惱的事情太多（好比明天的大考），但不包括憑空揣測。

當背完元素週期表時，時針剛好指向12，夏小希決定上床睡覺，因為母親每天五點即起，她再不睡，考試時恐怕要與周公打交道了。

“媽，晚安。”躺在床上的夏小希輕輕地對枕邊人說。

她母親嘟囔兩句，翻了個身，又沉沉睡去。

第二章 / 話說從頭

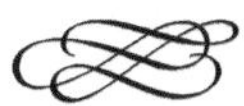

鬧鐘一響，夏母立即按住，但還是驚醒夏小希。

"妳再睡會兒。" 她母親說。

"不了，今天有考試，我打算再看會兒書。"

"那好，早餐想吃什麼？"

"培根雞蛋卷。"

雖然母親當家政阿姨讓夏小希頗有微詞，但好處還是有的，譬如每日的菜單可以隨著自己的喜好來，即使是昂貴的食材，也無需擔心荷包裡的錢不夠，她甚至還能預約（好空出時間讓母親補貨），這還得感謝柳家父子不挑食，能由著她任性。

像往常一樣，母親做好早餐便喊女兒，兩人站在廚房的島台邊吃了起來。

"哪天若買房，我一定要購置一張大餐桌，每天換位子坐。" 夏小希邊吃邊說。

"柳老闆也曾喊我們一起用餐，是妳死活不要。"她母親答。

"我當然不要，又不是我家，我幹嘛跟別人一同吃飯？"

夏母搖搖頭，自己的女兒就這臭脾氣，她早見怪不怪。

吃完早餐，夏小希收拾一下便出門，好巧不巧，一推出單車就撞見柳易。

"妳的單車怎麼了？"他問。

"什麼怎麼了？"

"好像漏氣了。"

夏小希一看，還真是！她刻意將車子前後推了兩下，輪胎似乎更扁了。

"沒事，我打個氣就行。"她說。

"怕是破了，瞧！上面還有個圖釘。"

夏小希內心咒罵一句，但也無濟於事。

"今天有考試，我看妳還是坐我家的車吧！回頭我讓馬叔給妳換輪胎。"柳易說。

夏小希本想拒絕，但一看時間，不放下高傲是不行的，除非想錯過第一堂考試。

"我會付你車資的。"夏小希說。

"當然，妳不付，我還會向妳要。"柳易答。

在車上，兩個同班同學竟一句話也不說，比陌生人還陌生。

下車後，柳易喊住夏小希，說："今天起三天是期中考試，上下學妳還是坐我家的車吧！妳也看到了，馬路正在施工，萬一騎行有什麼閃失，妳不就錯過考試了？"

夏小希想了想，不無道理，但……

"我沒那麼多錢付你。"她答。

"坐一趟100元，坐三天有優惠，就收妳十塊錢。"

"算術可不是這麼算的。"

"怎麼辦？我們柳家就是這麼算的。"

夏小希還想說什麼，最終還是擺擺手，結束談話。

別看這兩人"相敬如冰"，一開始可不是這樣的，這還得話說從頭……

自從"人渣"父親一去不復返，夏小希和母親便成了過街老鼠，好不容易夏母找到酒店的保潔工作，卻因債權人上店裡鬧事，眼看就要做不下去，關鍵時刻還是酒店柳老闆伸出援手，以"先行墊付部分債務，再從工資抵扣"的方式，解了夏家母女的燃眉之急。

幾個月後，柳家傭人因故辭職，夏母便頂替了那份工作，與女兒一同住進柳宅。

談到柳老闆，他喪偶多年，有一獨子柳易（與夏小希同年），從小就有哮喘的毛病。

本來柳易讀的是私立學校，夏小希讀的是公立，兩人沒有交集，但在柳老闆的運作下，夏小希轉入柳易就讀的學校，並與柳易同一個班級。

起初，夏小希並不高興這樣的安排，她母親解釋柳少爺會偶發哮喘，如果身邊有人能隨時關注，並且及時提供幫助，那再好不過，這也是柳老闆的初衷。

聽到這個解釋，夏小希釋然了，並把照顧柳易視為己任，兩個孩子很快成了莫逆之交。

事情的轉折點發生在高一班主任的某次課間談話，她當著全班同學的面問柳易和夏小希：" 你倆的通訊地址怎麼是同一個？"

柳易表示夏小希家的房子還在蓋，不方便，所以使用他家的地址。

" 原來如此。" 班主任接著望向夏小希，" 妳家也住鳳凰小區嗎？那裡的房子不是多年前就已蓋好？怎麼妳家還在蓋？"

當柳易"說謊"時，夏小希已如坐針氈，如今班主任將矛頭指向自己，她感覺天都快塌下來了。

" 因……因為……" 夏小希急得想哭，以致支支吾吾的。

" 因為這不是事實。" 同班的劉若雅小聲地答，她家就住鳳凰小區。

" 噢！" 班主任瞬間兩眼發光，" 妳倒是說說什麼才是事實。"

劉若雅分別看了柳易和夏小希，最後還是把解釋權交給當事人。

" 是這樣的……"

柳易話還沒答完，夏小希果斷站起來說明，包括她母親是柳家的家政阿姨，而她之所以能入讀私校也是因為柳易父親的幫忙，否則她根本讀不起！

話一答完，全班鴉雀無聲。

" 咳咳。" 班主任故意咳嗽兩聲，" 這下子清楚了，我們現在開始上課，同學們請翻到第28頁……"

澄清過後，夏小希感覺全校師生看她的眼神都變了，為了某種連自己也說不清、道不明的原因，她從此與柳易保持距離，上下學也不再坐順風車，彷彿這樣就能維持住她那可憐又微薄的尊嚴。

柳易雖不滿意這樣的轉變，但能理解，所以並沒有試著改變現狀，兩人的關係因此陷入"時冷時熱"的僵局，這跟"兩位大人"的情況不謀而合。

說起夏母，她老公已經人間蒸發近十年，完全可以單方面提出離婚，但她沒有，也就是說夏母目前仍是已婚狀態；反觀柳老闆，雖然單身多年，但好似並不著急續絃，反而很享受這種"一家四口"的氛圍，逢年過節還會"全家"出遊或就餐，不知道的人還以為這是幸福的一家人，也難怪流言蜚語會傳得沸沸揚揚，從未消停過。

"今天考得怎樣？"上車後，柳易問夏小希。

"還行，你呢？"

"也還行。"

"那就好。"

接下來一片死寂。

司機老馬忍不住往後視鏡一看，兩個年輕人一左一右，各自望向窗外，像極了吵完架的夫妻。

他搖搖頭，目光重新回到道路上，心想按照這個行車速度，二十分鐘應該能回到鳳凰小區。

第三章 / 變生不測

對於給予自己生命的"那個男人"，夏小希無疑是怨恨的，若不是他，這個家不會風雨飄搖，至今仍背著債務，以致不得不寄人籬下。然而一碼歸一碼，若不是那1/8的高加索人血統，她不會出落地如此仙姿玉貌，這大概是夏小希唯一拿得出手的，只是她還不清楚這張人生的美貌彩票會在未來起到什麼作用；反觀柳易，他的起點無疑比多數人高太多，若要說遺憾，大概是母親早逝，自己又有哮喘的毛病，加上個性太循規蹈矩（以致總是瞻前顧後，很難與人交心），如果不是夏小希的出現，他內心的苦悶可想而知。

時光荏苒，歲月如梭，時間來到高考當天，在吃過豐盛且營養的早餐後，兩個孩子坐上柳家座車。

"我看我還是跟過去，有什麼事也好搭把手。"夏母站在車外舊話重提。

"媽，不用了，我和柳易都身經百戰，完全可以自行應付，再說，還有馬叔呢！"夏小希答。

老馬聽到自己的名字，立即表示會悉心照顧小姐和少爺，無庸擔心。

"還小姐呢！"夏母笑出聲來，"那麼中午我來一趟，替你們送最新鮮的午餐。"

針對這個提議，夏小希不反對，畢竟外面的食物無法保證乾淨衛生，若吃壞肚子，那可不是鬧著玩的。

車子駛離柳宅後，還在做最後衝刺的夏小希忽然感覺不對勁，怎麼柳易上車後就一聲不吭？

"你還好嗎？"她問。

"很好。"

高考在即，柳易未雨綢繆地戴上口罩，以防塵蟎、寵物皮毛、油煙、花粉、草末、油漆、染料等氣味誘發他的哮喘，而從露出的兩隻眼睛看，一切正常，夏小希遂放下心來。

到了考場，兩位考生陸續下車，此時，夏小希發現柳易的步伐有些異樣。

"你還好嗎？"她追上去問。

"好……"柳易喘著氣，"好像不太妙。"

夏小希拉下他的口罩，發現他臉色慘白，嘴唇發紫，額頭還冒出汗珠。

"你是不是喘不過氣來？放心，我帶了噴霧劑。"一說完，夏小希才憶起噴霧劑和手機都放在包裡，而包在車上。

她猛一回頭，馬叔連同車子已不知去向，大概找停車位去了，畢竟考場前只供短暫停留。

情急之下，她立馬央求考場人員幫忙，很快，救護車出現了。

「這位考生，妳趕緊應考去，我們會照顧病人的。」考場人員說。

想到柳易命懸一線，夏小希怎麼也不肯離開。

「妳，去⋯⋯去考試，別管我。」躺在擔架上的柳易氣若游絲地說。

夏小希怎能不管？她一直把照顧柳易視為己任，這也是當初柳老闆把她送進私校讀書時約定好的。

「別說話，省力氣。」夏小希堅定地答，「我跟到醫院，把你交給醫生後再回來參加考試，所以你一定要挺住。」

當柳易被推進急救室，而夏小希也利用醫院座機聯繫上自己的母親後，她一刻也不敢浪費，即刻返回考場，還好在開考前趕到，但這麼一折騰，加上心中掛念柳易，她感覺自己發揮得不夠理想。

當夜在醫院裡，夏母的眼淚啪啪啪地流，自責當初就該跟過去，少爺也不致於成這樣⋯⋯

「事情已經發生了，妳就別再內疚，沒人怪罪妳。」柳老闆轉向夏小希，「妳不是還有科目沒考完？趕緊回去準備。」

想到自己的女兒尚未考完，夏母也跟著催促。

「好，我回去，可是⋯⋯如果⋯⋯如果⋯⋯一定要通知我喔！」她說。

柳老闆聽出話中話，神情不悅地答：「沒有如果，不用通知。」

夏小希也意識到自己說錯話了，但怎麼挽救都不對，只能默默離開。

第四章/自食其力

隔天考完試，夏小希立即奔赴醫院，柳易已經轉入普通病房，看起來很虛弱。

"你感覺怎樣？"夏小希問。

"還活著。"柳易無力地答，"妳考得怎樣？"

柳易的突然發病讓所有人都措手不及，首當其衝的當屬夏小希，若說沒影響考試，那是騙人的。

"考得還……行。"

"如果考壞了，就跟我一起重考吧！"

柳易錯失了考試，重考成了無可避免的選擇，但夏小希不一樣，她最不想做的就是再經歷一次"痛苦"的高三，再說，她也急著早日自力更生，好讓母親能挺起腰桿做人。

"看老天安排囉！真的無校可讀再說吧！"她答。

在等待放榜的日子裡，柳易一天天康復起來，夏小希也沒閒著，天天往步行街的奶茶店跑，往往工作到店鋪打烊了才離開。

“妳這是幫店主守家業嗎？”某夜，柳易問起剛進門的夏小希。

“守什麼家業？”她換上家用拖鞋，“我才不吃飽了撐著！”

“既然頭腦清醒，何苦披星戴月？”柳易又問。

不知從什麼時候起，“搬離柳宅”成了夏小希奮鬥的目標，可是眼下房價居高不下，加上大學的學費和生活費不低，此刻若不提早“就業”，何時才能實現夢想？

“我需要錢啊！少爺。”她答。

這個回答讓柳易很是吃驚，因為夏阿姨的月工資高達一萬，包食宿，夏小希的學費還是柳家出的，應該不致於如此窘迫才是。

當柳易道出心中疑問時，夏小希的解釋如下：

1、一萬元的工資，到手只有5000元，另外的5000元得用來還債。

2、她已成年，讓柳老闆繼續負擔學習上的費用顯得不合情理。

針對此回答，柳易也有話要說，首先，夏家到底欠下多少債務？怎麼這麼多年過去了，依舊沒還完？其次，即便他重考，夏小希入讀大學，兩人已不在同一個班級，柳家還是可以負擔她的費用（他負責說服自己的父親），所以無庸擔心。

有關當年欠下的債務，夏小希曾問過母親，她總答柳老闆不會騙人，說沒還完就是沒還完，如今聽柳易提起，這提醒她不能再繼續沒頭沒腦地投錢下去，得問清楚才行，至於學習上的費用問題……

"柳易你聽好了，從現在起，我自己付錢上學，所以不是你們柳家要不要負擔的問題，而是我不接受，死也不接受！"

柳易不明白，就算是陌生人，相處十年還沒點兒感情？怎麼說得如此決絕？

然而在夏小希這邊，事情再清楚不過——她和母親長期寄人籬下，本來就不光彩，加上流言越傳越難聽，自己又曾撞見柳老闆對母親毛手毛腳，她直覺認為母親是為了保住工作才忍氣吞聲，所以一跨過18歲的門檻（能理直氣壯地找工作），她便迫不及待地把養家餬口的責任攬在身上，為的是儘早搬家，遠離是非圈。

"小希，妳……妳還在乎我嗎？"柳易問。

本來逞口舌之快後，夏小希已打算接受柳易的炮轟，哪知他來軟的，正好打中她的軟肋。

"我……我當然在乎，但一碼歸一碼，分寸感還是得有。"

聽到夏小希還在乎自己（這比什麼都重要），柳易決定用別的方式幫助她，而不是逆鱗而上。

"我知道了，妳就按自己的想法去做，我支持妳！"他答。

夏小希可以懷疑柳老闆的居心，但懷疑不了柳易，他倆從小學二年級起就住在同一個屋簷下，認識的時間早超過了不認識，期間還一度肝膽相照、推心置腹，若不是人言可畏，加上青春期的執拗，這兩人歃血為盟也不是不可能。

“謝謝！”夏小希停頓了一下，可是仍找不到更好的說法，“謝謝！”

一連聽到兩句“謝謝”，柳易苦笑著，此時無聲勝有聲……

第五章 / 美麗上海

兩日後，高考成績出來，夏小希考了個大大低於預期，但仍有學校接收的分數。

"小希，咱家就這條件，妳怎麼想？"她母親問她。

"重考也未必能考得更好，既然這樣，那就上吧！再說，咱家也沒餘錢讓我重考。"

話一答完，夏小希滿懷希望地望向母親。

"如果這是妳深思熟慮的結果，我不阻攔，只是讀大學的花銷，我只能象徵性支持一下，主要還得靠妳自己，妳也知道咱家的債務還沒還清。"

聽到這個回答，夏小希眼裡的光芒迅速退去，弱弱地答：" 好，我明白了。"

夏母不知道就在昨天，自己的女兒逮到與柳老闆單獨談話的機會，並且得知她家債務早在三年前就已還清。

"是嗎？那為什麼……"她忽然住嘴。

"也許妳母親有什麼難言之隱，或者有其他的用錢計劃。"柳老闆主動回答她的疑問。

如果柳老闆所言屬實，刨去日常必要的開銷，夏小希的母親應該已經攢下十幾萬元。這筆錢說多不多，但供自己的女兒完成大學學業應該不成問題。

然而今日的一席話卻讓夏小希的"理所當然"幻滅了，原來母親攢錢的理由不是為了她（至少不是為了支付她的大學費用）。這個結果挺令人感傷，縱使夏小希原本就沒打算啃老……

知道夏小希沒考好，柳易慫恿她一起重考，至於費用……就當是向他家借，等考上好大學，自然能找到好工作，一旦找到好工作，還怕還不了？

"謝謝你的美意，但我還是決定不耽擱，早點兒畢業，也好早點兒賺錢。"夏小希答。

接下來的日子裡，夏小希都在為自己的上學費用操勞，哪怕她的美貌吸引了不少男顧客，她還是一如既往地專心製作奶茶，無視投來的友善（或非友善）眼光。饒是如此，第一學年的費用還是沒能及時掙下，她不得不請求母親支援，還好沒遭拒。

就這樣，揣著行李和銀行卡（裡面只有3萬元，不夠的部分得靠打工補上）的夏小希隻身遠赴上海就學，一頭栽進這個十里洋場的花花世界，殊不知一場不期而遇的邂逅正等著她……

第六章/佟姐

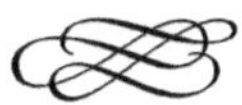

夏小希也算來自大城市，但一見上海的繁華，立即矮了一截，還好學校學生大多"貧窮"，吃穿用度沒有特別講究，讓她寬心不少。

這一天，夏小希從奶茶店打工回來，忽聞室友們的談話。

"娟，妳這條裙子是哪兒買的？好漂亮啊！"小胖說。

"這是法國牌子Tara Jarmon，"龐娟低下頭擺弄自己的裙子，"連英國的凱特王妃也是他家常客。"

"那得多少錢？"玲菲問。

"找代購買的，250歐，也就兩千元不到。"

說話三人皆是夏小希的室友，其中最捨得花錢的是龐娟，而最經常性晚歸（或不歸）的人也是她，奇怪的是宿管阿姨從來不管，連口頭訓話也無。

"妳不是才買了化妝品？"夏小希忍不住問，同時在下鋪躺下，她已經連續工作6小時，需要休息一下。

"買了化妝品也可以買裙子啊！如果錢不夠花，找佟姐就是。"

龐娟已經不止一次提到佟姐，在她口中，這個女人八面玲瓏，總能在關鍵時刻伸出援手。

"我也想要有這麼一位姐姐，"夏小希揉一揉自己的太陽穴，"23元的時薪，我得什麼時候才買得起妳的裙子？"

龐娟一聽大喜，答應明天就帶夏小希去見佟姐。

"我也要！"小胖立即說，"最近手頭有點緊，需要人支援一下。"

此時的龐娟面有難色，支支吾吾地解釋等夏小希通過面試再說，倘若一次來兩個，佟姐會忙不過來。

夏小希從未想過這位佟姐還提供工作，她原以為只是朋友間的通財之義。

"妳還是讓小胖先去吧！"夏小希答，"我沒事先請假，奶茶店經理不會同意的。"

"噢！"龐娟靈光一閃，"這倒提醒我得先知會一下佟姐。"

一句話就把見面一事往後挪，連小胖也找不到反駁的理由。

幾日過後，龐娟把夏小希堵在宿舍門口，問她後天能否空出時間來？

"幹嘛？"夏小希問。

"和佟姐見面啊！"

夏小希想了想，道出這幾日來不斷湧現的疑問——這面試靠譜嗎？會不會有安全問題？

“拜託！”龐娟揚起聲，“有我在，妳還擔心這個？”

再三確認龐娟會一直陪著自己，直至面試結束，夏小希這才放下心中巨石，開始臨陣磨槍。

按照龐娟的說法，佟姐開了一家私人會所，專門服務政商名流，客戶中不乏洋人，所以那裡的工作人員都必須具備基本的英語會話能力……

正因有此項要求，夏小希硬是在原本就不多的空閒時間裡擠出幾小時猛背單詞，心想不求英語流利，但起碼得達意才行。

到了約定日，龐娟把夏小希帶到商場女廁，交給她一件衣服，說：“如果不想遭人白眼，還是換下妳的牛仔褲吧！”

龐娟遞過來的是一件無袖黑色緊身裙，雖不致於坦胸露背，但也相距不遠。

“不行！”夏小希看著鏡中的自己，“太露了，我得換下。”

“拜託！這樣才美，妳別讓我在佟姐面前抬不起頭來，好嗎？”

夏小希一聽來氣，問她什麼樣的工作需要穿成這樣？

“穿成啥樣？”龐娟沉下臉來，“為了妳的面試，我忙前忙後的，妳不感激就算了，還質疑我，得，妳繼續去幹23元時薪的工作吧！”

看龐娟真動怒了，夏小希勉為其難地接受一身清涼，畢竟面試已約好，而她也做不到龐娟口中的“忘恩負義”。

“這就對了！”龐娟一掃方才的陰霾，“每個行業有每個行業的著裝要求，只要不是真空上陣，就沒必要矯情。”

無端被安上莫須有的罪名，夏小希很是不悅，但也不好發作。

"約定時間就要到了，我們快走吧！"她冷冷地說。

"放心，會所就在商場附近，拐個彎就到了。"龐娟答。

第七章／取水

誰能料到車水馬龍的背後有一片隱於市的民國時期建築，半遮半掩地屹立在一片翠枝波影中，雖然已褪去當年的陳舊，換上了新色彩，但端莊的氣質還在，像極了一位大家閨秀……

"我沒來過這個地方，好不可思議啊！"夏小希讚歎著。

"哈！我第一次來的時候也是這種感覺，像個鄉巴佬似的。"龐娟答。

"妳第一次來……"

"是啊！不然妳以為我是怎麼認識佟姐的？當然是經熟人介紹，沒個關係，想進都進不去呢！"

夏小希沒想到自己年紀輕輕就已經攀上通往財富的關係網，一時竟有些恍惚。

進入紅磚砌成，有著獨特韻味的老洋房後，夏小希跟著來到一扇做舊的木門前。

“就是這裡了。”龐娟對夏小希說，接著在門上輕扣兩下。

“進來。”房內傳來輕清柔美的聲音。

該怎麼形容夏小希對佟姐的第一印象？由於聲音的緣故（比較軟糯婉轉），她以為對方會是個嬌小且溫柔的江南女商人，結果出乎意料（嬌小是嬌小，卻一點兒也不溫柔），真要用一句話來形容，大概就是“帶刺玫瑰”。

坐下後，佟姐的第一句問話是——妳就是那個時薪23元，連Tara Jarmon也買不起的年輕人？

夏小希一時語塞，同時心裡埋怨起龐娟怎麼連這個也說？底牌若掀了，還能有好果子吃？

見夏小希保持沉默，那個眼裡透著精明的女人接著說：“放心，跟著佟姐，時薪23元將從此走入歷史，永遠在妳的生命中消失。”

“沒錯，”龐娟插嘴，“我的第一位客人就給了我五百元小費。”

“去去去，”佟姐做出趕人的動作，“少在這裡丟人現眼！五百元小費算多嗎？說出來只會讓人笑話。”

龐娟吐吐舌頭，退了出去。

夏小希望著那扇已關閉的房門，內心吶喊著——妳怎麼跑了？

“別看了，她不會再進來，我們可以安心說話。”

佟姐話裡的“她”，顯然指的是龐娟。

“我倒希望她再進來，因為……因為她說過會一直陪我到面試結束。”夏小希答。

“妳是不是害怕？不用害怕，這裡的姑娘都是心甘情願留下，我們不搞囚禁，也不會嚴刑拷打。”

夏小希原本沒往那個方向想，經佟姐這麼一撇清，她反而更加不安。

"我能問工作性質嗎？"她說。

"那得看妳做的是什麼工作，服務員就做服務員的工作，司機就做司機的工作，接待就做接待的工作。當然，薪水也會因工作內容的不同而有所差異。"

夏小希大概清楚服務員和司機的工作內容，但接待是什麼？

佟姐解釋就是把客人帶到指定房間，龐娟做的便是接待的工作。

"帶到指定房間……"夏小希複述，"然後呢？"

佟姐沉默一會兒後，表情嚴肅地問："妳該不會還是處女吧？！"

夏小希很是詫異，怎麼有人會問這麼唐突且私密的問題？

"這個……我不回答。"

"那就是處女了。"佟姐微微一笑，"會開車嗎？"

"什麼？"

"我問妳會不會開車？如果會，我把代駕的工作交給妳，唯一的要求是夜裡十點就得待命，一直到凌晨五點結束，逢週二休息，月工資八千。"

如果只是代駕，同時薪水還那麼高，的確值得一試，但……

"真的只是代駕而已嗎？"夏小希不放心一問。

"不然呢？"她刻意停頓一下，見夏小希沒接話，接著說，"我們會所的客人都很尊貴，所以這裡的一切都要最好的，包括代駕顏值。妳運氣好，中了基因彩票，但凡長得醜一點兒，我都不會用妳。”

這麼被人放在台面上評頭論足，夏小希很不開心，但金錢擺在那裡，她琢磨該不該為五斗米折腰？

“怎麼，妳還需要考慮？”佟姐問。

“我……沒駕照。”

“考一下不難。”

“如果……如果逢上學校考試……能不能……”

“這我不管，妳自己調整，除非少了胳膊斷了腿，否則都得準時上工，倘若無故缺席，哪怕一次，當月工資清零。”

“清零？”

“是的，一分不給。”

夏小希想了想，這事還得從長計議。

佟姐也不催她，只是要她離開前幫忙倒杯水，倘若保安問起，就說佟姐讓她上樓取水。

這間辦公室的右手邊就有一個操作台，上面擺放著咖啡機、茶具、各種大小不一的杯子和幾瓶看起來相當昂貴的瓶裝水，可是佟姐卻要她去取水，怎麼都說不通。

“好，”夏小希站起身來，“我這就去取。”

第八章／不可告人的交易

明知佟姐讓她去取水是個藉口，但夏小希還是答應下來，原因在於她也想一探究竟。

在底樓走了一圈後，夏小希發現除了私房菜館和幾扇緊閉的房門外，沒別的了。

"您在找洗手間嗎？"進會所時遇到的代客泊車員主動問她。

"不是，我在找樓梯。"夏小希答。

"這裡的樓梯可不是誰想上就能上。"

"那怎麼辦？佟姐讓我上樓……取水。"

一聽到是佟姐的命令，那名泊車員變了臉色，冷冷地答："我還以為妳是私房菜館的客人。"

夏小希注意到此人的用辭從"您"變成了"妳"。

"我不是。"她澄清，"你能告訴我樓梯在哪裡嗎？"

"妳得先下到地下室，再從那裡上樓。"

夏小希記起方才的確經過通往地下的樓梯，原來得從那裡上到二樓。

道謝過後，夏小希往回走，當她下到地下室時，一名保安擋住她的去路，指了指標示牌，上面寫著"閒人止步"。

夏小希早有準備，主動表明是佟姐讓她上樓取水。

話甫歇，保安讓開身來，嘴裡同時碎碎唸，夏小希依稀聽到其中一句——說的比賣的好聽。

"你說什麼？"她鐵青著臉問。

"沒說什麼。"保安答。

"相不相信我把你說過的話告訴佟姐，你會吃不完兜著走？"

"對不起，女士，我把說過的話收回。"

夏小希的憤怒並未因此散去，但她不想糾著不放，因為接下來也許還需要保安幫忙。

"待會兒你若聽到樓上有呼救聲，請撥打報警電話。"夏小希說。

"哈哈哈……"保安笑不可遏，"妳這是開哪國玩笑？做賊的倒先喊捉賊。"

保安的態度再一次爆打夏小希，顯然，樓上正做著某種不可告人的交易，以致連拿人薪水的保安也產生輕蔑的心理。

夏小希很想撇清自己與"接待"的關係，但說這個又有何用？只會越描越黑而已。

"喂，妳不上樓嗎？"保安對著她的背影喊。

"不了，"她頭也不回，"我自己買水交差。"

在便利店裡，夏小希從冷藏櫃裡取出一瓶最便宜的水，掃碼完畢後，立即咕嚕咕嚕地喝完大半瓶。此時，一個聲音在她背後響起，說的是——買水倒不如買組合，一個三明治加一袋豆漿，也不過十塊錢。

"我就喜歡喝水，妳管得著嗎？"夏小希沒好氣地答。

"妳是不是生氣了？"龐娟接著問。

"我就喜歡生氣，怎麼了？"

夏小希一答完，氣沖沖地走出便利店，可是不管她如何左拐右繞，就是甩不掉身後的那個人，於是憤怒轉身喝道："能別跟著我嗎？我就想一個人靜一靜。"

"怎麼辦？我就想跟著妳，直到妳願意聽我的故事為止。"

"什麼故事？"

誰能想到這麼一問，一個女孩的悲慘過往彷彿電影般歷歷在目。

"妳……妳二叔可真是個禽獸啊！"夏小希說。

"可不是，問題是他做錯事，還潑我髒水，搞得我無法在家鄉立足，若不是佟姐的資助和鼓勵，我哪有錢進補習班重考？"

夏小希根本不願相信一個老鴇也會疏財仗義，肯定別有用心。

龐娟答不管佟姐是出於什麼目的，她的命運就此改寫是事實，想當初自己絕望到想自殺，哪能料到有一天既上了大學，還當了包租婆，按照這個速度發展下去，十年後她就能徹底躺平……

"妳……妳還當了包租婆？"夏小希難以置信，"我連下個月的生活費都還沒賺夠呢！"

龐娟承認當包租婆的說法有些浮誇，事實是買的期房還在蓋，等蓋好了，才能落實包租婆的身份。

饒是這樣，也夠讓夏小希羨慕了，她一直夢想能擁有一個屬於自己的家，沒想到身邊人已早先一步實現。

"恭喜妳了。"夏小希有些酸溜溜地說。

"其實……妳也可以。"

"可以什麼？"她衝口而出，"我才不出賣自己！"

話一答完，夏小希立即感到後悔，對方也是個可憐人，縱使"幫助"的方式不對，也沒必要窮追猛打。

"對不起，我……"

"別說了，我的確出賣自己，"龐娟答，"但這是我的人生、我的選擇，妳不也把自己賣給了奶茶店？差別在於我能早妳一步實現財務自由，而妳還按步就班地替人打工，並且陶醉其中。"

夏小希聽完，氣得拂袖而去，發誓再也不理那個可憎的婊子！

第九章 / 柳易來訪

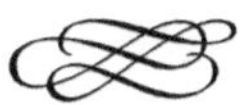

因為遲歸，夏小希被宿管阿姨攔下，正糾纏不清時，龐娟出現了，在說了一句"她跟我一起"後，阿姨爽快放人。

"別想讓我感激妳。"夏小希對著前方的背影說。

"我沒讓妳感激，妳可以不感激。"龐娟頭也不回地答。

"莫非妳連阿姨也收買了？"

"是啊！用錢收買，大部分都能成功。"

"不包括我。"

"是嗎？"

一句反問讓夏小希火冒三丈，她拋下龐娟，早先一步跑回寢室。

日子又回到原來的軌道，夏小希依舊做著時薪23元的工作，而龐娟依舊晚歸或不歸，然後因一件（或多件）奢侈品的出現，接受室友們的傾羨與誇獎。

當學生回家度寒假時，夏小希將自己的東西全放進行李箱內，然後搬到另一個樓棟，沒想到龐娟也申請留校，而且好巧不巧，又與夏小希同一個寢室。

"妳怎麼不回家？"龐娟站在房門口問。

"春節時再回，我得先把回家的火車票掙出來再說。"夏小希邊把行李箱打開邊答。

"其實妳可以不用這麼辛苦，"龐娟拉著行李箱走進來，"別誤會，我的意思是妳長得美，性格也……也還行，找個富二代談戀愛，讓他負擔妳的所有開銷，不比自己掙錢容易？"

夏小希知道自己有外貌上的優勢（否則也不會被票選為"全校最想牽手的女生"），但她的性格過於剛烈，對未來的另一半還有很高的期許，尋常男生根本不入她的眼。

"謝謝！在遇到富二代之前，我想先把錢掙出來，免得被他的家人瞧不起。"夏小希答完，取出行李箱裡的水杯。

"妳指柳易嗎？"

聽到這個，夏小希嚇得差點兒拿不穩水杯。

"妳怎麼知道柳易？"她捉住室友的手臂問。

"妳弄疼我了！"龐娟立馬掙脫，"方才樓底下有個男生攔住我，讓我上來喊夏小希下樓，我問他叫什麼名？他答柳易。"

知道柳易近在咫尺，夏小希三步並作兩步，往樓底下衝……

"嗨！"柳易微笑著向她打招呼。

夏小希收起慌張，問他怎麼不打一聲招呼就來了？

"妳媽說妳春節才回家，我等不及，就過來看看妳。"

一句等不及，讓夏小希紅了眼眶。

"妳怎麼了？"柳易問。

"沒什麼，"她眨了眨眼睛，"你能待多久？"

"明天下午的飛機。"

"這麼快？"夏小希想了想，"怎麼辦？今明兩天我都有工作。"

"沒關係，我陪妳。"

當天，夏小希帶柳易逛了一下校園，接著去吃排骨年糕和砂鍋餛飩。吃完，兩人一起上奶茶店，當夏小希忙於製作奶茶時，柳易就站在店外等，眼光從未離開她。

"那人是誰？"同事壓低聲音問夏小希。

"朋友。"她答。

"男朋友？"

"不是。"

"如果不是，介紹給我。"

"他……"夏小希望向柳易，柳易還對她微笑，"他有女朋友了。"

夏小希比任何人都清楚柳易的心思，但她還是說了謊。

當奶茶店的鐵捲門拉下後，柳易邀她一起吃宵夜？

"我……我得回宿舍，有晚點名。"她無奈地答。

"這樣啊！那我明天過來？"

“行，明天我10點才上班，我們可以一起吃早餐。”

約好後，柳易送夏小希回宿舍，兩人的影子被月光拉得好長好長，像三米高的巨人……

第十章／罪惡之門

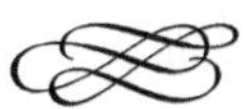

柳易來訪後又過了一個多月，年尾除夕來到。夏小希拿著好不容易搶來的票登上火車，在長舒一口氣的同時，忽然想到該不該給母親買個禮物？

在長達五個多小時的行程中，夏小希想過不下一百種選擇，直到下火車才確定作罷，因為母親可能更希望她把錢存起來，而不是買禮物。

"小希回來了。"母親快步走向她，同時接過行李，"累不累？"

"不累。"

"再過兩個小時就吃年夜飯了，我先給妳盛碗年糕湯墊墊肚子。"

夏小希剛要拒絕，柳易從房間裡走出來，四眼相望，雙方同時低下頭去。

"你倆這是怎麼了？"夏母瞧出了不對勁，遂問。

"媽，"夏小希趕緊轉話題，"妳不是說要盛碗年糕湯給我墊墊肚子嗎？"

"哎呀！瞧我這記性……" 夏母轉向柳易，" 你要不要也來一碗？"

"好。"他答。

幾分鐘後，兩個年輕人坐在餐桌前喝年糕湯，安靜得像在進行某種儀式。

"妳……"柳易首先開口，"還好嗎？"

"很好。"

"……對不起。"

"為什麼要說對不起？"

"因為……"

柳易一時找不到"正確"的答案，是該答"血氣方剛"還是"情不自禁"？反正說哪個都掩蓋不了他的孟浪，只能再次致歉，橫豎對方懂的。

"好，我接受，以後別再提那件事了。"

夏小希口中的那件事發生在一個多月前，當兩人吃完早餐，走向奶茶店時，柳易猝不及防地送來一個吻，因為太過突然，夏小希一時沒反應過來。

"這算什麼？"冷靜過後，她問。

"妳不喜歡？"

"不喜歡。"

"那麼下次我不這麼做了。"

"沒有下次，你走吧！我不想再見到你。"

趕走柳易後，夏小希做什麼都心神不寧，時不時還往店外看去，以為他還會出現。

"昨天那個帥哥呢？"同事問起。

"他和女朋友鬧矛盾，走了。"夏小希答。

"該不會是因為妳吧？！"

"怎麼可能？我和他只是朋友。"

夏小希完全清楚自己和柳易絕不僅僅只是朋友，否則自己也不會說了重話又反悔；再則，當柳易親吻她時，她其實一點兒也不生氣，這不是普通朋友該有的反應。

回到現實，當夏小希表示接受道歉時，柳易破防了，過去的一個多月裡，這個男孩備受煎熬，不是閉合思過，就是患得患失，如今得到"大赦"，他竟然有想哭的衝動。

當晚，夏柳兩家罕見地一起坐下來吃年夜飯，柳老闆還把珍藏多年的好酒拿出來共享（這是夏小希和柳易成年後的第一個除夕夜，所以四個杯子全斟上了）。

"來，祝大家吉祥如意，身體健康，新的一年有新氣象，小易考上好學校，小希依然美麗動人，小紅……小紅……"柳老闆望向夏母，"我該怎麼祝福妳？"

"你怎麼還沒喝就醉了？也不怕孩子們笑話！"

夏小希原本舉杯的手瞬間垂了下來，好心情也消失殆盡。

"我不餓，你們吃。"說完，她跑回房間。

夏母知道自己女兒的臭脾氣，胡亂找了個藉口搪塞過去，直到三人都用餐完畢，她才又重新熱了飯菜，端回房裡去。

"不吃！"夏小希翻了個身，"出去！"

"大過年的，妳就不能讓大家都開開心心的？"她母親問。

夏小希憤然坐起，反問她讓大家開心，誰又讓她開心？

"妳哪裡不開心？"夏母又問。

"妳讓我不開心，說！為什麼柳老闆喊妳小紅？"

"名字只是名字。"

名字絕對不只是名字，以前柳老闆喊自己的母親"夏阿姨"，如今卻成了"小紅"，夏小希當然認為其中必有貓膩！

"也不想想外面的流言傳得有多難聽，妳就不能讓我省點兒心？"她繼續發威。

夏小希原以為激怒母親就能換來承諾，哪曉得適得其反。

"妳父親一走就是十多年，也沒見妳批評過，反倒我做牛做馬，卻沒一處好，想想真不值！"夏母說完，開門走人，留下女兒獨自凌亂。

的確，夏小希從未在母親面前提起過父親，但這不表示她沒有怨言，相反的，正因為痛苦太深，所以才三緘其口，沒想到母親卻誤會了。

夏小希等了一小會兒，仍不見母親回房，所以決定把母親端來的飯菜全一掃而空，好以"年夜飯可口"當突破點，達到盡棄前嫌的目的。

當她把空碗盤端到廚房時，極目所見，光潔有序，洗好的碗盤還在滴水，可是母親卻不在那裡。

夏小希把碗盤放下，開始尋找母親，不一會兒便聽到斷斷續續的哭泣聲。

"別哭，等小希再大一點兒，自然能理解。"這是柳老闆的聲音。

“你不懂，她就是生來氣我的，也不想想我容易嗎？若不是為了她，我們何苦偷偷摸摸的？”這是夏母的聲音。

“妳看，又來了，我們的事不關孩子們什麼事。”

“難道我說錯了？”

“妳沒錯，是我錯，我錯，行了嗎？待會兒補償妳。”

“怎麼補償？”

“妳說呢？”

隨著房間內的動靜越來越大，夏小希的怒火也益發高漲，當達到最高點時，她把手腕上的玉鐲子取下，砸向那扇罪惡之門。

聽到哐啷一聲，夏母慌張地穿好衣服衝出來，此時的夏小希已跑出柳宅，一頭鑽進黑暗裡……

第十一章/解救母親

當別人都在"爆竹一聲除舊歲，桃符萬象迎新春"時，夏小希卻蹲在小河邊哭得梨花帶雨。

"妳再哭，河水就要溢出來了。"說完，柳易遞過去幾張面紙。

夏小希接過後，把臉一抹，又遞還回去。

柳易愣了一下，最後還是把用過的面紙折成小方塊，塞進褲兜裡，接著說道："我們自己的事還會少嗎？大人的事就別管了。"

"那是我媽，我非管不可。"她賭氣地答。

"如果……如果妳擔心妳媽會和我爸領證，我可以告訴妳——那是杞人憂天。"

夏小希頓時停止哭泣，站起身，質問他這話是什麼意思？

"據我爸說，我媽臨死前，他曾承諾不會再婚。"他答。

聽到這麼不負責任的話，夏小希意難平，嚷著："合著你爸欺負我媽？"

"是不是欺負還真不好說，何況妳媽也沒離婚，哪天妳爸若突然出現，我爸豈不完蛋？"

話說得沒錯，但自己的母親被人白嫖，夏小希的面子和裡子都沒了。

"不行，我得勸我母親搬家，越早越好。"夏小希說。

"搬家？搬到哪兒去？現在住家阿姨能給到月薪一萬塊的不多，何況還攜家帶眷的。"

柳易說者無心，夏小希卻聽者有意——這是暗示自己是個累贅！

"柳少爺，你聽好了，最晚一年，我和我媽都會搬出去，不給貴府添麻煩。"

"妳……妳怎麼老是誤解別人的好意？"

"這就是我，你若看不慣，大可離我遠一點兒。"

打從第一次見到夏小希，柳易就被這個女孩給深深吸引住，與自己的模稜兩可、粉飾太平比，這個女孩果斷多了，知道自己想要什麼，連缺點都不加修飾，這才是活生生且真實的人哪！

"我不跟妳爭辯，現在能走了嗎？我冷得打哆嗦。"

聽柳易這麼一說，夏小希也有同感，罕見地沒有反駁便順著台階往下走。

當兩個年輕人回到柳宅時，夏母立即迎上去，嘴裡叨唸著："外面這麼冷，也不披件外套再出門，感冒了怎麼辦？"

夏小希沒忘記母親今晚的"背叛"，鐵青著臉走回房間，一句話也無。

為了化解尷尬，夏母對柳易說：" 少爺，謝謝你啊！"

" 哪裡，舉手之勞而已。"

每次夏小希"離家出走"，總能在小河邊找到，柳易答"舉手之勞"也沒錯。

待柳易回房後，夏母陷入兩難，很明顯，自己的女兒正等待一個說法，但現在若進房，無疑捅了馬蜂窩，她不想再點燃戰火，還是待在客廳比較安全。

另一廂，夏小希等了許久也沒見母親進來，直覺認為母親又與柳老闆幹壞事去了，氣得咬牙切齒。

" 最晚一年，我一定得將母親從泥沼裡解救出來，哪怕被人架在火上烤也在所不惜！" 她心想。

第十二章／假期結束

隔天一早，夏母開門喊女兒吃早餐。

"不吃。"夏小希答。

結果門被關上了。

到了中午，夏母開門喊女兒吃午餐。

"不吃。"夏小希又答。

結果門又被關上了。

到了晚上，夏母開門喊女兒吃晚餐，這次夏小希不再倔強，乖乖吃飯去。

"今天的肥腸不腥不臭，妳多吃點兒。"說完，夏母夾了一筷子的肥腸到女兒的碗裡。

"妳今天就忙著清洗肥腸？"夏小希無話找話。

"哪可能？我還抽空出去了一下，妳想知道我出去幹啥嗎？"

"不想。"

話說到這裡，夏母接不下去，只好轉問她何時回上海？

"學校21日開始上課，但我15號就得走，因為工作的關係。"她答。

"還在奶茶店？"

"是的。"

"也就是說還有一個禮拜……"夏母喃喃道，"妳能答應我這一個禮拜都好好的，不再鬧脾氣嗎？"

夏小希也想要有個平順的假期，奈何煩心事太多，總讓她無法心平氣和。

"看妳和那個人的表現，只要不讓我看了上火，我很樂意配合。"她答。

夏母很清楚女兒口中的"那個人"是誰，也明白如何能讓她不上火，所以答應了下來。

事實證明，直到夏小希上火車，柳宅的屋簷下都未再出現齟齬，代表這兩個女人都信守了諾言。

就在歸期的前一天，柳易問夏小希明天幾點走？

"上午11點，已經約好網約車載我到火車站。"她答。

"馬叔可以載妳過去。"他說。

"我不要！馬叔是你家的人。"

當夏小希又開始"擰巴"（華北地區方言，泛指性格彆扭、愛較勁）時，最好的方式就是別對著幹。

"隨便妳，"柳易說，"那麼晚上一起看電影，就當替妳餞行？"

"好。"

他們後來看了一部戰爭片，走出電影院時，耳中還嗡嗡作響。

"其實我更想看《無主之作》，可惜還沒上映。"柳易說。

"我也是。"

"如果上映了，我們再一起去看？"

"好。"

這個春節，柳易和夏小希"單獨"在一起的機會並不多，原因出在柳易已經錯失一次高考，他不想再有任何閃失，所以把大部分的時間都花在備考上；反觀夏小希，她的心思也不在兒女情長上，而在如何擺脫困境，從而達到階級跨越。換言之，這兩人皆有各自的奮鬥目標，所以很有默契地互不打擾。

到了離別日，夏母拿著一袋紅棗走過來，說："我買了紅棗，這玩意兒補血，給妳帶到上海。"

"不用了，我的行李已打包好，放不下了。"

"擠擠總會有空間，妳別管，我鐵定能裝下。"

後來果真如夏母所言，她真的把一大袋的紅棗塞進已經鼓起的行李箱內。

"那......我走了，妳多保重。"夏小希對母親說。

"記得提取行李時小心輕放，免得紅棗被壓壞了。"

夏小希心想這就是她母親，與她總不在同一個頻道上。

"知道了，拜！"答完後，夏小希走向停在屋外的網約車。

第十三章 / 翡翠鐲子

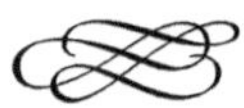

與室友打過簡短的招呼後，夏小希打開行李箱，拿走最上面的紅棗，結果發現底下有一個用氣泡膜包裹的東西。

懷著狐疑的心，夏小希拆開氣泡膜，當一個精緻的彩繪木盒子出現時，她的好奇心達到最高點，結果一打開就被潑了一盆冷水。

"這算什麼？遮羞費嗎？"她惱怒地想著。

讓夏小希心情大壞的罪魁禍首是一隻帶著綠色飄花的玉鐲子，相比除夕夜被她摔碎的那一隻，這隻顯得更加通透水潤。

此刻的夏小希心情複雜，被她摔碎的那隻玉鐲子是柳老闆送的成年禮物，以那樣慘烈的方式奉還，也算是達到一報還一報的目的，如今玉鐲子再現，除了喚起那段不堪的回憶外，沒別的了。

"哇！好漂亮的鐲子，這是買的還是別人送的？"玲菲首先喊道。

夏小希沒回答，正要收起時，被小胖截了去。

"好東西！"小胖緊接著把鐲子放在桌燈下審視，"看樣子應該是翡翠。"

"翡翠就是玉，對吧？"玲菲問。

"也對也不對，翡翠是玉的一種，但並不是所有的玉都是翡翠。簡單地說，翡翠是玉石中的最高檔，價格不菲。"小胖答。

"那值多少？"夏小希衝口而出。

小胖解釋她不是專業人士，但親戚中有人做這一行，她可以幫忙問問。

"不用了，"夏小希把鐲子拿回來，"我也就一問，反正要歸還。"

在場的兩位室友同時問她還給誰？

"給……給它的主人啊！"

夏小希不答還好，一答反而予人想像的空間。

幾日過後，"某富二代送價值兩百萬元的翡翠手鐲給夏小希"的流言甚囂塵上，逼得同寢室的室友不得不自證清白。

"小希，我只說妳有一個別人送的鐲子，價格不便宜，如此而已。"小胖說。

"不關我事哈！"玲菲緊接著說，"我只點了個頭。"

打從進校以來，夏小希身上的標籤就沒斷過，好比父不詳、孤芳自賞、家裡是貧困戶、曾與多名男性有過情感上的糾葛……等，如今又多了一條（兩百萬元的手鐲傍身），夏小希覺得可笑至極。

"我若有兩百萬，還打什麼工？切！"她不屑地說。

這個回答直接否認了傳言，同時也表明自己不在乎的態度，讓兩位"嫌疑人"大鬆一口氣。

"沒錯，"小胖趕緊站在夏小希這一邊，"那幫人就是弱智，才會以訛傳訛，不過話說回來，妳得儘快歸還，萬一有人信了謠言，妳的手鐲就不安全了。"

此話不無道理，但夏小希近期內並沒有回柳家的打算，倘若隨身攜帶也不方便，這如何是好？

她思考了一下，覺得還是寄回去妥當，但該不該保價？如果保價，又該保多少？

為了了解手鐲的價值，她請小胖問一問她的親戚，結果得到的答覆是——照片看不清楚，得來雲南當面檢驗。

"那算了，我很忙，去不了雲南。"夏小希答。

小胖如實回覆，哪曉得兩天後的夜裡，對方竟然找上門來。

"這不是趕鴨子上架嗎？我不去！"夏小希答。

"只是估個價，又不一定要賣。"

聽小胖這麼一說，夏小希更加不樂意，因為她沒想過要賣。

"我知道這很唐突，但人已經來了，妳好歹也讓他看看。"小胖幾乎是祈求著說。

此時，一向很少待在寢室的龐娟（今晚卻在）主動表示願意陪夏小希走一趟。

"妳去幹嘛？那是我表哥，當然我去。"小胖說。

"我想順便看妳表哥胖不胖，不行嗎？"龐娟反問。

最後的結果便是三個女生聲勢浩大地走向學校大門口。

“哥，這是貨主。”小胖指向夏小希，接著又指向龐娟，“這是不相干的第二人。”

“別聽你妹胡說，我其實是夏小希的軍師，她的事就是我的事。”龐娟說。

小胖的表哥也是胖哥一位，但能說會道，很快就人來熟。

“對了，我能看看妳的鐲子嗎？”那個男人熱過場子後問。

夏小希遂把柳老闆送的手鐲遞過去，胖表哥接過後，拿出手電筒打光，邊看邊搖頭。

“哥，怎麼了？”小胖問。

“種水是不錯，可惜有棉，我最多只能給到小五。”

怕三位女生聽不懂行話，那男人做出解釋，原來“五”是五位數的意思，也就是以萬為單位，依據這個單位，小五指1～3萬，中五指4～7萬，大五指8～10萬。

聽完解釋，龐娟把鐲子接過去，又借了手電筒察看，然後有模有樣地給出結論——有棉不假，但這是隱入內部的雪花棉，透光性明顯，所以非但不是缺點，反而有種輕盈秀氣的韻味。

小胖的表哥慌了，問龐娟是不是同行？

“我不是同行，只是略有研究而已，所以你最好給個實在的價格。”她答。

男人沉默一會兒後，說他頂多給到四萬。

“這個價格真沒法兒談。”說完，龐娟拉著夏小希，作勢要走。

“小姑娘別著急，這樣吧！妳們出個價，我若能接受，這買賣不就成了？”男人退一步說。

龐娟正要回答，夏小希拉了拉她的衣袖，她瞬間明白了
。

“我們回去商量一下，如果夏......女士有意出售，小胖會
轉告你的。”

一答完，龐娟拉著夏小希往回走，留下小胖與她的表哥
面面相覷。

第十四章／接下代駕的工作

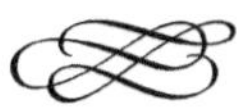

因為龐娟的仗義，夏小希主動告知手鐲的出處以及她為什麼急於想知道價格。

"我要是妳，才不把鐲子寄回去，而是變賣後，把錢放進買房基金裡，這才是回擊的最佳方式。"龐娟答。

"可是……"

"隨便妳，我只是表達自己的觀點，妳大可不接受，就像拒絕月薪八千的工作一樣。"

夏小希解釋不是她不願幹，而是怕惹禍上身，再說，熬夜工作很累人，還不能無故缺席……

"是呀！所以有人年紀輕輕就當包租婆，妳以為那些人都工作輕鬆？"龐娟反問。

夏小希不置一語，但腦子開始運轉起來。

隔天，夏小希問龐娟——鐲子賣多少錢合適？

"我認為肯定是中五，或者高於中五，也許妳問問佟姐，她人面廣、見識多，運氣好的話，說不定還能幫妳找到買家。"

其實夏小希也想見佟姐一面，問她之前的承諾還算不算數，所以一拍即合。

在佟姐的辦公室內，三個人的目光同時落在手鐲上。

"這是冰種飄花綠，夠寬、夠厚，就是圈口小了點兒。"佟姐打光看過後說。

"夏小希想知道能賣多少？"龐娟代問。

佟姐考慮了一下後，看向夏小希，說："這樣吧！鐲子先放在我這兒，若找到買家，我再通知妳。"

這個結果不是夏小希想要的，但對方如此"豪爽"，自己若磨磨嘰嘰，反倒顯得小氣；再則，她也想藉此機會測試一下佟姐，倘若"吞"了她的手鐲，代表人品不行，說什麼也不能替這種人打工。

"可以，麻煩您了。"夏小希答。

"小事一樁，妳還有別的事嗎？"佟姐問。

"沒有。"

"那慢走不送。"

一離開佟姐的辦公室，龐娟就問夏小希為什麼不提代駕的事？

"我在等一件事落實後再說。"她答。

一個多月後，佟姐通知夏小希有人願意出價8萬元買她的手鐲，問她接不接受？

"接受。"她答。

當手機傳來8萬元已入賬的消息時，夏小希立即決定接下代駕的工作。

第十五章／不期而至

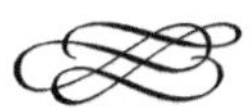

為了考駕照，夏小希辭去奶茶店的工作，還好賬戶裡有賣手鐲得來的8萬元，生活不致於馬上陷入困頓，只是從準備考駕照到實際拿到駕照，時間拖得太長，足足花了近四個月的時間，等於駕照一拿到手，很快就面臨期末考試，偏偏考試日期又與高考有所重疊，當柳易考完時，夏小希還在為隔天的考試臨陣磨槍。

柳易很識趣地沒去打擾夏小希，但這不代表他沒有行動計劃。

"夏小希，外找。"

夏小希剛考完最後一科回到寢室，椅子還沒坐熱，就聽見有人找她。

"誰找我？"她問。

"一個男的，長得有點兒像肖戰。"

一聽說像肖戰，小胖立即衝到窗口一探究竟。

"看到了，看到了，果然長得像肖戰。"她高喊著。

這下子夏小希也好奇了，往窗戶前一站。

"小希，"柳易用力揮舞雙手，"是我，我在這裡。"

夏小希承認柳易和演員肖戰同屬瘦高型，但若說前者像後者，實屬胡說八道。

為了不引起更大的騷動，夏小希趕緊下樓去。

"我帶了妳愛吃的光餅和馬蹄糕，在車上。"柳易開心地說。

與柳易的好心情比，夏小希顯得慌亂，說了一句"快走"後，便自顧自地往前走去，直到走了大約五十米，她才後知後覺地問道："在車上？你開車來？"

"不是，"柳易趕上她，"我爸開的車，妳媽也來了，車就停在校外。"

聽完，夏小希立刻止步，很驚恐地問："怎麼他們也來了？"

柳易解釋他考完高考，正想到上海找她，結果他爸和她媽也想看看她，所以一拍即合。

"看我？"她揚起聲，"我有什麼好看的？何況我還沒準備好呢！"

"要什麼準備？只是一塊兒吃吃飯、聊聊天，再平常不過。"

如果這是四口之家，甚至是重組家庭，夏小希不會說什麼，問題是他們既不是四口之家，也不是重組家庭，名不正言不順的，那才叫個錐心。

"你告訴他們我不在。"夏小希轉身，"我現在就回宿舍去。"

柳易立即抓住她的手臂，問她怎麼了？

" 我不想見你父親，也不想見我母親，更不想見你。"
她答。

" 為什麼？"

" 沒有為什麼，就是不想見。"

" 妳怎能如此狠心？"

夏小希本來想答這就是她，如果看不慣，大可離她遠一
點兒，但看到柳易臉上流露出悲傷的神情，她怎麼也狠
不下心來。

" 對不起，我把話收回來。"

" 妳是不是因為考試壓力過大，所以看什麼都不順眼？"

" ......算是吧？！"

" 沒關係，我能理解，現在一起去見我們的父母吧！"

"我們的父母"聽起來有些怪，但夏小希沒挑刺，默默跟
在柳易身後。

第十六章／脊背發涼

夏小希有一搭沒一搭地回答車上三人的提問，忽然，柳老闆來上一句：「今晚想吃什麼？」

這道問題沒指名道姓，夏小希自然保持沉默。

「小希，問妳哪！」她母親提醒她。

「問我？噢！隨便。」她答。

柳老闆緊接著說：「妳來上海這麼許久，應該知道不少好餐廳。」

上海的確有不少好餐廳，但皆不是夏小希去得起的，她經常光顧的無非是學校食堂、路邊攤或蒼蠅小館，雖然食物也很美味，但畢竟上不了台面。

「我來上海還不到一年，吃的都是十幾塊錢的快餐，實在推薦不了，抱歉！」夏小希答。

「這樣啊……」柳老闆停頓了一下，「我倒是知道有家私房菜館，菜做得挺好的，不如我們上那兒去？」

這段話表面上是徵詢意見，其實更像是宣佈。

「好呀！」夏母首先附合，「我剛好也偷師一下，回去好煮給你⋯⋯們吃。」

母親的刻意討好讓夏小希心生不滿，但為了不破壞表面的和諧，她選擇隱忍下來。

「到了。」柳老闆邊把車開向一棟大房子邊說。

夏小希環顧四周，感覺有些眼熟，像在哪兒見過，直到代客泊車員小跑步過來，她才發現自己居然又來到佟姐的會所。

是這樣的，夏小希的兩次蒞臨都是從大馬路拐進來，不知此棟樓竟然還有個後門，而柳老闆正是從後門進入，方向不對，景觀自然略有不同，難怪她沒在第一時間認出來。

「麻煩你了，小許。」柳老闆搖下車窗說，同時給對方一百塊錢。

叫小許的泊車員收下小費後，答：「哪裡，為柳老闆服務是我的榮幸。」

「拜託，千萬別認出我來。」夏小希邊祈禱邊低著頭跨出車外，但還是被眼尖的泊車員給一眼認出，那人的眼睛睜得像牛眼一樣大。

夏小希努力想表現灑脫，但還是不由自主地脊背發涼。

待四人都下車後，柳老闆再次宣佈：「我們進去吧！」

這次夏小希非常配合，第一個走在前頭。

第十七章 / 不該發生的事

怒放的玫瑰和紅絲絨做成的窗簾；彩繪的屏風和無紡布做成的牆紙；木雕的飾頂和玳瑁做成的案上燈；法式的餐桌椅和骨瓷做成的碗盤……等，無一不彰顯菜館主人的獨特品味與精益求精的態度。

“這家的紅燒肉和響油鱔絲是招牌，我們各叫一份吧！”柳老闆說。

“我想吃點兒清淡的。”夏母答。

“上海菜最重濃油赤醬，來上海還吃什麼清淡的？”

柳老闆以為自己說了個笑話，但聽在夏小希耳裡卻很不受用，她立即以行動表示抗議，一連點了好幾道素菜，包括粉蒸猴頭菇、竹笙煲清湯、豌豆泥菜花、馬蘭頭拌香乾等。

“呵呵！”柳老闆乾笑兩聲，“吃素好，我也該吃點兒，免得肚腩越來越大。”

為了轉移注意力，夏母問柳易想吃什麼？

“我沒有特別想吃的，你們點什麼，我就吃什麼。”他答。

於是柳老闆又多點了兩道葷食，總算是平衡過來。

當四人“相安無事”地吃著時，夏小希最擔心的事還是發生了——穿著改良式旗袍的佟姐，正玉步款款地走來。

“柳老闆，今天什麼風把您吹來？”佟姐撫著柳老闆的椅背，笑意盈盈地說。

“除了想妳的風，沒別的了。”柳老闆樂呵呵地答。

“小心說話，別讓嫂子聽了不高興，回頭有您苦頭吃。”

“什麼嫂子？不過是……朋友。來，容我介紹一下，這是夏阿姨，這是夏阿姨的女兒，這是小犬。”

佟姐一一打過招呼（當然包括夏小希），客氣得很。

“那我不打擾了，你們慢用。”佟姐說。

夏小希正慶幸危機解除了，結果下一秒警報聲又響起。

“等等，”柳老闆叫住佟姐，“怎麼妳的這隻鐲子我看著眼熟，是打哪兒來的？”

“您好眼光，這是我用真金白銀買來的。”

“哈哈！看樣子這些年妳賺的不少，恭喜了。”

“柳老闆，您真愛說笑，我就賺個蠅頭小利，哪能跟您比？”

知道柳老闆送的手鐲實際上被佟姐買去，夏小希的內心五味雜陳。

待佟姐離開後，柳老闆有意無意地提到佟姐手上的鐲子起碼六位數，他買過，所以知道行情。

柳老闆話一答完，夏母立即把目光投在女兒的兩隻手腕上。

"我上個洗手間。"夏小希說。

結果她上完廁所就發現她母親也在洗手間內。

"妳的手鐲呢？"夏母質問，頗有山雨欲來之勢。

"什麼手鐲？"

"放在行李箱內的那一個。"

"噢！那個......"夏小希停了大約五秒，"碎了。"

"碎了？"她母親揚起聲，"我還特意用氣泡膜包裹住，怎麼會碎？"

此時的夏小希開始把過錯撇得一乾二淨，聲稱自己完全不知道行李箱內有易碎物，重放重取的結果，當然碎得一塌糊塗。

"東西呢？"她母親壓抑住怒火後，又問。

"扔了。"

"扔了？"夏母再度揚起聲，"那是柳老闆的心意，妳怎能說扔就扔？"

"我怎麼會知道手鐲是他送的？上面又沒刻他的名字，再說，我也沒讓他送！"

她母親聽完，氣得揚起手來。

"妳要為妳的姘頭打我嗎？"夏小希問。

夏母本來還能克制住，一聽到"姘頭"二字，停在半空中的手失控落下，發出啪的一聲。

"太好了，"夏小希的眼神像兩把犀利的劍，"我要讓妳為這一巴掌付出代價！"

"小希，我……"

即使夏母的聲音已流露出深深的悔意，但夏小希不給她
反悔的機會，開門揚長而去。

第十八章 / 始料不及

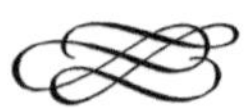

夏小希很害怕那"一家子"會追到宿舍，所以在大街上漫無目的地走著，期間當然也收到幾通"索命連環call"，但她一概不予理會，磨磨蹭蹭到了十點，才不得不走回宿舍，還好無人蹲守在那裡。

幾天後，她打包好行李，移駕到另一棟樓（就像去年申請留校一樣），只是這次室友換人了，都是高年級的學姐，不見龐娟。

等安頓下來後，夏小希立刻給龐娟留言，問她在哪一間寢室？然而直到傍晚，她才收到對方的回覆——剛起床，晚上七點一起吃飯，我請客，地圖發在後面。

這個回答牛頭不對馬嘴，但夏小希沒多想，開始研究起地圖來。

龐娟的約飯地點離學校有段距離，幾乎都快到外環了。

"怎麼約在這裡？坐地鐵花了我半小時。"夏小希坐下後說。

"我忽然想吃烤肉，所以選了個離家近的。"

這句話聽著很怪，什麼叫離家近？莫非......

夏小希正想問個明白，結果服務員過來介紹菜品，每件單品都不便宜。

龐娟沒耐心聽完，直接問哪種上菜快？

"都很快呀！只是套餐比較經濟實惠，打了八折不說，還附贈煎餃。"服務員答。

"那就來兩份套餐，動作快一點兒。"

換作從前，夏小希肯定會抱怨幾句（為什麼不問她想吃什麼？），但今日是對方請客，加上她也急於知道"離家近"的意思，所以把不滿壓下。

待服務員走後，夏小希問龐娟："妳的期房是不是收房了？"

"還早呢！起碼還有一年。"

"那妳說的離家近是什麼意思？"

"噢！那個，"她停頓片刻，"我沒參加期末考試，妳不會不知道吧？！"

夏小希還真不知道，聽龐娟這麼一說，感覺好似已有一段時日沒看到她，這都得怪她經常晚歸或不歸，以致沒有及時察覺到異樣。

"妳不考試可以嗎？"夏小希問。

"反正我已經辦理休學，兩年後再回來讀也一樣，只是早拿文憑和晚拿文憑的差別。"

夏小希簡直跟不上龐娟的節奏，本來是問房子的事，結果跳到沒參加考試，現在又是辦理休學，而且一休就是兩年。

"妳是不是生病了？"夏小希問。

"比那個還糟糕！"

此時，服務員開始上菜，由於拒絕代烤服務，夏小希和龐娟手忙腳亂的，直到菜全上齊了，她倆才又有了談話機會。

"講講有什麼事比生病還糟糕？"夏小希邊把五花肉放在火上烤邊問。

"我……懷孕了。"

這個回答讓夏小希驚掉下巴。

"很驚訝是吧？當初我也跟妳一樣，腦子轟的一聲，很難相信自己的肚子裡忽然裝著一個寶寶……"

"孩子的爸怎麼說？"夏小希問。

"孩子的爸還不知情，佟姐說如果現在告訴他，只有一個結果，那就是打胎，但生下後再告訴他就不同了，到時候就能予取予求。"

怎麼又蹦出一個佟姐來？夏小希要龐娟把事情的始末都原原本本地道出，不帶隱瞞。

"妳要聽，我就說，我已經憋了好長一段時間，快要不能呼吸了。"

原來孩子的爸是一家上市公司的老闆，已婚，年紀大到足以當龐娟的爺爺，這也是她當初沒有堅持用套的原因，哪曉得一次就中。後來她把這件事告訴佟姐，佟姐問她想要什麼？她答錢，於是佟姐為她租了個房養胎，說等肚裡的孩子落地後，再與葉老闆談判。

"這是義務幫忙？"夏小希問。

"怎麼可能？事成後，她抽50%，包括幫孩子找到收養家庭。"

夏小希再度被暴擊，問龐娟難道不自己養？

“我照顧自己都照顧不來，何況照顧個嬰兒？再說，佟姐已經答應我會找個家境好、父母又有學問的人家，這總比跟著我強，妳說是吧？！”

夏小希很想反駁，但又反駁不了，換作是她，她也不願跟著一個從事特種行業的母親過活。

“佟姐給妳租了什麼樣的房？”夏小希換個話題問。

“房齡很新的商品房，有兩個房間，傢俱齊全。”

“兩個房間？”

“嗯！佟姐說等肚子大起來，她會幫我請個保姆，畢竟坐月子期間也需要有人照顧產婦和寶寶。”

夏小希喃喃道：“她想的可真周到！”

“當然得周到，萬一孩子流掉了，她的投資豈不泡湯？而我也會因此背下債務，因為前期的支出都會算在我頭上。”

夏小希知道佟姐精明，但沒想到這麼精明，一點兒虧都不吃，就好比那個鐲子，明明是佟姐自己買下（還是以一個極低的價格），卻還要裝模作樣地繞那麼一大圈，如果不是偶然間發現實情，夏小希還會以為對方是個大善人。

“看來佟姐就是個吸血鬼！”夏小希有感而發。

“話不能這麼說，當老闆的，哪個不吸血？我的想法是——但凡能拉我一把，我不介意讓對方賺點兒，這是各取所需。”

夏小希心想也許龐娟是對的，人海茫茫，誰又顧得了誰？起碼佟姐還願意搭一把手，就好比那個鐲子，佟姐給的價是不高，但起碼也比小胖的表哥實在，所以若以此來判斷對方不厚道，的確有失公允。

「妳說的不無道理，這讓我對接下來的工作稍具信心。」夏小希說。

「妳真的接下代駕的工作？」

「嗯！比較麻煩的是得夜裡工作，我怕新來的宿管阿姨會找我麻煩。」

龐娟這才知道宿舍換了新阿姨，不免慶幸自己已辦理休學，不再住校。

「妳的確好運氣！」夏小希說，「我就慘了。」

「那麼妳何不搬過來與我同住？反正佟姐還沒請保姆，房間空著也是空著，如此一來，妳就不用擔心宿管阿姨給妳穿小鞋了……我的意思是至少這個暑假都不用擔心。」

夏小希喜出望外，問這可是真的？

「當然是真的，只要妳不嫌路途遙遠就行。」龐娟答。

就這樣，夏小希取消了留校申請，轉而搬去與龐娟同住。

第十九章 / 換湯不換藥

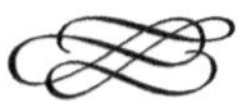

有句話"小姐身子丫鬟命"，說的是有些女子的容貌和才華不比大家閨秀差，但由於出身不好，只能當丫鬟。把這句話放在夏小希身上，那再合適不過，因為以她的顏值和心比天高的性格，完全足以讓自己上升到一定的高度，奈何她的家庭實在太糟糕，她不得不在屈辱中苟活，現在連佟姐和龐娟這類遊走在法律邊緣的人也成了她親近的人，夏小希感覺自己再度被命運鞭答。

"妳今天開始上班？" 剛起床的龐娟頂著一頭亂髮問夏小希。

"嗯！"

"下完班，妳怎麼回來？"

"我有摺疊單車！"

夏小希的工作時間是晚上十點至凌晨五點，為此她特別做了規劃——每晚騎摺疊單車到最近的地鐵站，下了地鐵後，再騎車至會所，回程也一樣，除了解決往返的交通問題外，還有一個作用，那就是摺疊單車的體積小，能放進轎車的後備箱中，這樣送完客人，她還能自行騎回會所，直接省下不少交通費。

"怎麼不買輛摺疊電動車？"龐娟衝口而出，"這樣省力多了。"

"我也想啊！可是摺疊電動車的體積比摺疊單車大，佟姐說有些客人會不樂意騰出空間來。"

這個回答刺激到龐娟，她表示最討厭這種刁客，有幾個臭錢就當自己是大爺，一點兒同理心也沒有。

"算了，趁機運動一下也好。"她答。

彼此沉默一會兒後，夏小希還是決定把埋藏在心裡有一陣子的疑問拿出來曬一曬。

"娟，佟姐說會所每晚有2～3名女代駕待命，雖然一來一回需要時間，但這未免過多？"夏小希問。

龐娟看了她一眼後，將目光落在地板上，夏小希以為地板上有什麼，也跟著瞧，結果對方很快又回望她。

"妳這是怎麼了？"夏小希又問。

"我在想該怎麼舉例？"

"想到了嗎？"

"想到了。"

龐娟以超市為例，明明超市裡的東西都已擺在陳列架上，但結賬時，收銀台四周還是佈滿了貨品，目的是讓消費者做最後一分鐘的購物......

"妳的意思是......我也是賣的？"夏小希喉嚨發乾，"難怪需要這麼多代駕，畢竟性交易也需要時間。"

"話不能這麼說，有些客人醉到連路都走不穩，妳說還能怎麼著？要提防的是那些三分醉七分醒的客人，不過妳放心，佟姐絕不會讓代駕吃啞巴虧，只要上了，就得付錢。"

夏小希聽完，呆若木雞。

"妳若有顧慮，現在退出還來得及。"龐娟撓了撓頭，"好幾天沒洗頭了，再這麼下去，頭油都能拿來炒菜了。"

夏小希還是沒接話，龐娟便自行洗澡去，等她洗好後，夏小希已不在屋內。

"搞什麼？"龐娟皺眉，"我還想著讓她幫我吹乾頭髮呢！"

另一廂的夏小希正騎著單車四處晃悠，當行經福州路時，她忽然想著買幾本書看看也好，於是在上海書店停下。

一個小時後，她提著一袋子的書走出來，像提著一大袋的紙鈔一樣滿足。

有了書，她又上步行街買了一頂棒球帽和一盒一次性口罩。

"有了這些，應該足夠了。"夏小希心想。

第二十章/往火坑裡跳

當得知佟姐把她當成商品時，夏小希恨不得將對方碎屍萬段，但冷靜過後一琢磨，為了拿到駕照，她辭了奶茶店的工作不說，為此還花了不少錢，如果這個暑假不能及時賺到下學年的學費和生活費，光憑賣鐲子的錢，她支撐不了多久，何況當初曾對柳易誇下海口（自己和母親會在一年內搬出柳宅），若不打這份工，哪裡還找得到月入八千的"高薪"兼職？又如何實現諾言？

考慮再三，夏小希還是決定往火坑裡跳，原因有二：一來頭已經洗到一半，怎麼也得洗完；二來只要防護到位，潛在風險應該能降到最低……

"妳就是新來的代駕？"一個年輕女孩主動靠過來，"看的什麼書？"

夏小希承認自己是新來的代駕，接著把書闔上，好露出書名。

"《生命不能承受之輕》？好怪的名字，這種書妳也看得下去？"

夏小希反問她平常都看哪類書？

"打從初中輟學起，我就發誓不再看書。"

當龐娟提到會所的工作人員都得具備基本的英語會話能力時，夏小希的腦海裡產生"人人都是高級知識份子"的刻板印象（這令她稍感安慰，即使這種安慰禁不起推敲）。如今得知連初中輟學生也混了進來，她頗感不是滋味，遂低頭看書去，然而女孩卻沒意識到不對勁，依舊興致勃勃。

"我叫Alice，來自一座美麗的大山。"她說，"妳呢？叫什麼名？"

"夏小希。"

"沒英文名？"

"沒。"

"取一個不難啊！總比中文名洋氣。對了，妳怎麼打扮得像個男孩子，還戴口罩？"

此時的夏小希穿著工人裝，再把頭髮紮起，塞進棒球帽裡。

"我感冒了，如果像妳這麼穿，感冒會加重。"

Alice穿的是露胸兼露肚的緊身衣，怎麼看都不像是"純粹"的打工人。

夏小希以為自己已經裝病，對方應該會"敬而遠之"才是，哪知這個叫Alice的代駕非但沒有離開，反而開始碎碎唸，說的是自己買包被騙的事，後來話鋒一轉，埋怨起Lily總是遲到，每次都這樣......

"妳說的Lily是她嗎？"夏小希問。

Alice順著夏小希的目光望過去，立即承認那個露出一截大長腿，並且正拼命殺過來的女人正是Lily。

"累死我了！"那人緊急剎車，"差點兒遲到。"

“妳已經遲到了。”Alice冷冷地說。

Lily左顧右盼，接著吐了吐舌頭，答：“反正沒人知道。”

話音一落，泊車員小許向三個女人吹來一長聲的口哨。

“我的菜。”Lily宣佈完畢，腳一蹬，騎向那輛SUV。

“好個小賤貨！”Alice罵道。

夏小希不明所以，問：“有人搶著工作，不好嗎？”

“嘖嘖嘖……”Alice邊答邊搖頭，“菜鳥就是菜鳥，不出幾天，妳也會搶著做。”

在夏小希看來，佟姐給的月薪是八千，做多做少都是八千，她是當一天和尚撞一天鐘，只要不明顯怠工就行。

大概夏小希沒追著Alice請教經驗談，讓對方有些失望，竟然主動交代泊車員吹口哨是有講究的，一長聲代表客人尚清醒著，一短聲代表客人已經醉到不省人事。

“有差別嗎？”夏小希問。

“有差別嗎？”Alice大笑不已，“沒……沒差別。”

“沒差別就好。”夏小希答完，再度低頭看書去。

話說沒差別，其實還是有的，夏小希注意到只要是長聲口哨，Alice和Lily皆搶著做，導致當短聲口哨傳來時，夏小希成了“責無旁貸”。

“這是地址，”泊車員小許遞過來車鑰匙和一張紙條，“妳得送客人到家。”

“你的意思是……到家？”

“當然，如果家裡無人應門，妳還得負責將人送上床。”

這個回答讓夏小希很感意外，她原以為只要送到小區門口即可。

"對了，妳和柳老闆是什麼關係？" 小許忽然問。

"不關你事。" 她沉下臉來，"門鑰匙呢？"

"高檔住宅多是智能鎖，刷臉或刷指紋，如果不是，妳自己看著辦。"

夏小希皺了皺眉，緊接著坐上駕駛座。

第二十一章 / 曙光

第一天不明就裡，讓自己累了個半死。經此教訓，夏小希重新整理思路，決定採用更"理性"的方法，果然輕鬆多了。

"如果客人連走路都困難，"夏小希說，"我便留人在車內，自己上門請求支援；倘若無人應門，那就比較麻煩，我得走到保安室，請那裡的保安搭把手，還好兩個月下來皆未遭拒。"

"這麼聽下來，工作也沒什麼難度嘛！"龐娟走了過來，接著在沙發上躺下，她的肚子微微突起，"我還以為妳的客人會藉機揩油。"

看到薄紗睡衣下的那個突出物，夏小希立即將目光移開，答："這還得感謝Alice和Lily，因為尚清醒的客人都被她倆撿走了。"

"哈哈哈……"龐娟笑不可支，"看來等我卸貨完畢，也該去做代駕的工作，畢竟應付半醉的人，老娘還是遊刃有餘的。"

"我以為妳卸貨完畢，會有花不完的錢。"夏小希說。

「這當然是最好的結局，不過也得看肚裡的東西到時候能不能生下來，如果中間有個閃失，那就前功盡棄了。」

這提醒夏小希——龐娟的肚子已經大起來，佟姐何時請保姆？

針對疑問，龐娟答：「這也是我想跟妳商量的，佟姐說現在請個住家保姆，起碼得七千。我想著與其面對一個不認識的人，倒不如讓自己人賺，反正我又不挑食，偶爾吃個外賣也是可以的。」

夏小希聽完立即反對，因為她沒把握能伺候好孕婦，甚至幫做月子。

「眼下就快開學了，妳認為學校宿舍會允許妳凌晨再進門？」龐娟邊反問邊坐起，「如果不住校，代表還得在外租房住，那可是一筆不小的開支。」

夏小希想了想，龐娟所說不無道理，但她還有話要問。

「如果我忙不過來，能不能請小時工應付一下？」她問。

「其實只要不太髒，我都能忍受，至於請小時工，那是妳的事，反正從那七千元裡扣。」龐娟答。

就這樣，夏小希有了兩份工，一個月約有一萬五的進賬，還包食宿，相比大多數剛就業的應屆大學生，待遇要好太多，看來農曆新年前就能將她母親接到上海同住，從此遠離那個罪惡的深淵。

想至此，夏小希的全身充滿了力量，像打了雞血似的。

第二十二章／又在同一個城市

為了同時顧及課業和工作，夏小希每天像個陀螺似地轉個不停，但這不表示她不清楚柳易的一舉一動，因為後者每天都會跟她彙報生活點滴。

「你不用每天都跟我交代去了哪裡？見了誰？做了什麼？我一點兒都不關心。」夏小希回覆。

「妳不關心，我也彙報，因為妳是我的樹洞，惟有面對妳時，我的心才能安定下來。」

若說夏小希不關心，那純屬無稽之談，因為柳易的每一條留言，她都會閱讀，但不是次次都回覆，好比現在，當柳易又似有似無地表白時，她就沉默了。

「妳還在嗎？」柳易忍不住問。

當屏幕上再也沒有新留言，柳易只好將驚喜留到面對面時......

「你......你怎麼來了？」夏小希一步出教室，就見到兩個多月沒見的柳易。

「我來學校報到。」他答。

“你……你考上這裡了？”夏小希驚訝問道。

“不，我考上T大，離這裡約半小時車程。”

T大是一本大學，與夏小希就讀的民辦高校有天壤之別。

“我想也是，你怎麼可能考到這裡來？那麼……恭喜你了！”她答。

“對了，”柳易緊接著問，“妳待會兒是不是得上奶茶店打工？”

夏小希已經從奶茶店離職大半年，柳易仍不知情。

“我不做了。”她輕輕地答，“不是每份工的薪水都這麼低。”

柳易沒聽出話中話，反而答不做也好，這樣才能享受大學生活。

“享受”這兩個字聽起來很奢侈，至少對夏小希來說正是如此。

他倆後來一起上學校附近的火鍋店解決民生問題，柳易告訴她：“是我爸送我來上海讀書，開了四個多小時的車，他本來也想順道看看妳，被我阻止了，我說先讓我探探口風。”

“有什麼好看的？”夏小希將湯勺伸進火鍋內，“還不是兩個眼睛、一個鼻子、一個嘴巴？再說，你探什麼口風？”

“因為不知道妳有沒有牽怒我爸，還有，妳媽讓我代為傳達她的關心和……歉意，她說她不該打妳。”

“打都打了，”她終於撈起一片萵筍，“說這些有什麼用？”

柳易嘆了一口氣，答：「不是我說，妳的脾氣也該改改，見好就收吧！沒必要把後路堵死。」

如果深究，柳易的這段話沒啥毛病，甚至算得上苦口婆心，但聽在夏小希耳裡卻很不受用，她感覺自己被背叛了。

「柳公子，」她用力摜下筷子，「你到底站在哪一邊？」

「當然是妳這一邊，」他瞬間放低音量，「一直以來都是，但妳打算與母親置氣一輩子嗎？」

此時的夏小希也意識到自己的孟浪，是啊！此時不下台階，更待何時？

「讓我想想，畢竟原諒也需要時間。」

見有緩和的跡象，柳易高興地從火鍋裡撈出鵪鶉蛋，邊放進夏小希的碗裡邊說：「別光吃菜，補充蛋白質也很重要。」

從火鍋店出來後，他們又散了會兒步，接著夏小希便表示自己得回宿舍了。

柳易看了一眼手機上的時間顯示，答：「還不到九點，女生宿舍都這麼早關門嗎？」

兩個多月前，夏小希就已搬去與龐娟同住，柳易不知情，而她也沒打算開誠佈公。

「沒那麼早關門，但我有事要忙。」她答。

「那我送妳回宿舍。」

「不用了，就在這裡分手。」她停下腳步，「前面就是地鐵站，我看著你走。」

等柳易進了地鐵站，夏小希立即叫網約車，時間有點兒晚了，她得趕緊回家取摺疊車。

第二十三章/HOOKER

夏小希的代駕工作從夜裡10點到次日凌晨5點，換言之，越早叫代駕的，清醒度越高，也就是說從夜裡10點至午夜12點，客單基本都被Alice和Lily拿下，夏小希可以安心溫習功課。

"妳看的什麼書？" Alice問。

夏小希把書闔上，好露出書名。

"氣象學？" Alice唸道，"原來妳想當天氣預報員。"

夏小希有種被暴擊的感覺，怎麼有人會如此孤陋寡聞？

"不是。"她表情嚴肅地答，"氣象學是大氣科學的一個分支，英文是Meteorology，乃以大氣為研究的客體，分別從定性和定量兩方面來說明大氣特徵的一門學科。再講得白一點兒，氣象學跟天氣預報也許扯得上關係，但跟'天氣預報員'的關係就不大，後者更注重形象端莊、口齒清晰。"

Alice立即被唬得一愣一愣的。

"呵呵！"她終於回過神來，"大學生就是不一樣哈！那妳知道什麼是Hooker嗎？"

"Hooker？"夏小希重複，"妳為什麼問這個？"

Alice很高興地表示昨晚的洋客人說她是Hooker？她還問這是什麼意思？那人回答是美女的意思。

Hooker的意思其實是妓女，Alice不明所以（也難怪，她連初中文憑都沒有），還以為洋客人在讚美她。

"下次若有人說妳是Hooker，妳就賞他一巴掌。"夏小希脫口而出。

"為什麼？"她問。

夏小希轉念一想，Alice表面上做的雖是代駕工作，但也提供性服務，從本質上來說，依然是妓女，洋客人說的也沒錯。

"我開玩笑的。"夏小希答。

"就知道妳是開玩笑的！"Alice睨了她一眼，"對了，從認識到現在，妳不是感冒，就是對空氣過敏，從來就沒看過妳的正臉，我很好奇妳長什麼樣，何不摘下口罩讓我瞧一瞧？"

"沒什麼好看的，我長得醜。"

話一答完，夏小希的口罩忽然被Alice扯下，即使馬上搶回，重新戴上，但那盛世美顏還是毫無保留地展現出來……

此時，長聲口哨傳來，夏小希顧不得這一向不是她的工作，立即推著單車走上前去。

小許看到來者是夏小希，露出驚恐的表情。

"車鑰匙和地址呢？"夏小希佯裝鎮定地問。

“客……客人尚清醒著，”他遞過來車鑰匙，“地址妳問他。”

夏小希取走鑰匙，坐上駕駛座。

第二十四章/意想不到

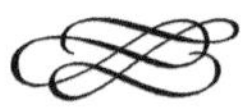

柳老闆和家裡的阿姨不清不楚了十多年，原本以為過了七年之癢，應該安定下來，孰料最近越來越乏味，即使有肌膚之親，也是早早了事，連個前戲也沒有。

"你是不是厭倦我了？"那女人問。

"沒有的事，妳別瞎想。"

嘴裡否認，但柳老闆知道自己的身體很實誠，不愛就是不愛了，怎麼拉都拉不回來，何況他倆沒有婚約的束縛，說白了，什麼時候抽身都可以，只是礙於情面，他想緩緩再說。

今日是柳易向學校報到的日子，本來女人也想跟上，順便探望在上海讀書的女兒，結果臨行前不小心崴了腳，只能眼睜睜看著那對父子北上。

"待會兒到了上海，我們把小希叫出來一起吃個飯。"柳老闆邊開車邊說。

"不好，還是讓我先探探口風吧！"他兒子答。

提起小希這個孩子，她可說是在柳老闆的眼皮底下長大，然而相處了那麼久，兩人的關係卻一直撲朔迷離，"父女"肯定談不上，"朋友"也未必，或許能粗略地用"上下級"來形容，反正該有的客氣與疏離，一樣也沒落下。

如今兒子認為不見面比較好，柳老闆也不堅持，把兒子送到學校後，便想打道回府，哪知居住在上海的張老闆此刻忽然打來電話，當得知老柳就在上海後，說什麼也要喝上一杯，地點就選在佟姐開的私房菜館。

柳老闆是那家私房菜館的老客戶，熟門熟路，當下便拍板敲定。

酒過三巡後，張老闆約柳老闆上樓逍遙。

"來過那麼多次，但我從未上樓過，樓上都賣些什麼？"柳老闆問。

"賣什麼？"張老闆嘿嘿嘿地笑，"你去了就知道。"

如果樓下像舉止優雅的名門閨秀，樓上便是熱情奔放的蕩婦卡門，這讓循規蹈矩慣了的柳老闆感到無比亢奮，並且逐漸在昏暗的燈光、濃郁的香水味與女郎的投懷送抱中迷失自我，還好關鍵時刻踩了剎車（倒不是柳老闆坐懷不亂，而是害怕染上性病）。

"你確定不要？"張老闆問。

"確定不要。"他答。

後來柳老闆回到自己車內，張老闆則繼續醉臥美人膝。

"您好，請問我……我……我得把車開到哪裡去？"夏小希從後視鏡看到客人竟然是柳老闆時，嚇得語無倫次。

至於柳老闆這邊，一開始他看到的是一位瘦弱男子坐進駕駛座，如今聽聲音卻像個女的，於是打量起代駕，無奈醉眼迷離，實在分辨不出是男是女。

由於好半天得不到客人的回覆，夏小希只好重複說過的話。

"我聽到了，開到X酒店吧！"柳老闆答。

X酒店是國際連鎖的五星級酒店，以"環境好、服務佳"聞名，所以只要留宿上海，柳老闆總選擇X酒店。

得到答案後，夏小希啟動手機導航，接著緩緩駛離會所……

在下榻酒店的地下停車場停妥後，夏小希下車為客人打開車門，哪曉得柳老闆一跨出車外，身體便失去平衡，夏小希及時伸出援手。

"謝謝！"柳老闆說。

夏小希沒回答，轉身想取走放在後備箱內的摺疊車，此時柳老闆喊住她，表示自己不舒服，問她能否幫他辦理入住手續？

方才夏小希出手相助時，沒想到被揩油了，她能理解對方是在醉酒的情況下，不小心觸碰到，但心裡難免有疙瘩，如今柳老闆開口尋求幫助，她猶豫了一下，還是答應下來。

當夏小希把柳老闆的證件交給酒店前台時，工作人員問怎麼只有一張身份證？

"我不入住，他……他是我叔叔。"夏小希解釋。

工作人員看了一眼坐在沙發上揉著太陽穴的客人，沒說什麼。

辦好入住手續後，夏小希走向柳老闆，邊交出手中的房卡邊說："房間在三樓。"

柳老闆沒伸手去接，反而說自己頭疼兼兩眼昏花，怕走錯房間，問她能否帶路？

由於是臨時住宿，柳老闆沒有攜帶隨身行李，自然不會有人送行李至房間，也就失去讓服務員順便帶路的正當理由。當然，柳老闆也能讓服務員特別走這麼一遭，不過經過方才的身體接觸，他忽然急切地想留住眼前的這位"女"代駕。

聽到帶路請求，夏小希立即左顧右盼，想找個"閒人"代勞，無奈此時的酒店大廳忽然湧入一批旅行團客人，服務員已經忙得不可開交，看樣子只能"送佛送上天"了。

"好，我帶你上去。"夏小希答。

第二十五章 / 遮羞費

夏小希把走路跟跟蹌蹌的柳老闆送上床，結果對方一個大翻身，將她壓在底下，同時上下其手。

"別這樣，我要叫了。"夏小希邊抵抗邊說。

"妳叫啊！我幫妳。"

話一答完，柳老闆扯下夏小希的口罩，當看到對方尊容時，用力眨了眨眼。

"小……小……小希？"柳老闆嚇得酒意都跑掉一大半。

夏小希趁機推開柳老闆，接著站起，不屑地說："沒想到你是這種人！"

"哪種人？"柳老闆聽了來氣，"我不過是個正常男人。"

"你就不怕我將此事告訴我母親？"

"這句話應該由我來問——妳就不怕我將此事告訴妳母親？"

夏小希沒想到自己會被反將一軍。

"算了，"她努力壓抑住怒火，"我們就當此事從未發生過。"

"妳撩完我，就想一走了之？"柳老闆問。

"有沒有搞錯？我什麼時候撩你了？"

"現在。"

柳老闆答完，投來色眯眯的眼神，夏小希低頭一看，完了，怎麼酥胸外露？

她立即動手整理衣服，哪知柳老闆精蟲上腦，以迅雷不及掩耳的速度飛撲上去，又是親嘴，又是揉胸，情急之下，夏小希喊出柳易的名字。

柳老闆聽到兒子的名字，像被潑了一盆冷水，人立馬清醒過來。

"妳走吧！"柳老闆翻身離開夏小希，"對不起。"

一句對不起就將所有罪惡抹去，夏小希越想越氣，回會所的路上，好幾次差點兒出車禍。

"妳還好吧？！"Alice問。

"不好！"夏小希把單車往旁一扔，發出哐啷一聲，"希望今晚全世界都毀滅掉！"

"妳該不會被客人欺負了吧？！"之前還在接單的Lily緊接著問。

儘管夏小希矢口否認，但兩日過後，流言還是傳到佟姐那裡去。

"柳老闆是不是欺負妳了？"佟姐問她。

"沒有。"

"真沒有？"

夏小希想了想，問毛手毛腳算不算？

「當然算，他猥褻妳了？」

聽佟姐這麼一問，夏小希忽然百感交集，眼淚嘩啦啦地流。

「別哭，我會替妳出這口惡氣！」佟姐說。

「妳知道柳老闆和我的關係嗎？」夏小希不放心地一問。

「我不管你倆是什麼關係，只要動了我的人，就得付出代價。」

不到半天的工夫，夏小希的手機便傳來進賬兩萬元的短信通知，不用猜，肯定是佟姐幫她要到的遮羞費。

拿到這筆骯髒錢，夏小希絲毫沒有欣喜之情，反而覺得是種恥辱。

「娟，陪我去買件大衣。」她對龐娟說。

「妳終於捨得對自己好一點兒，等等，我換件衣服。」

這麼一等，半小時過去了，當龐娟再度出現時，夏小希認為新換上的還不若原來的那件好看，但她沒有說打擊的話。

一開始，龐娟以為夏小希想買便宜貨，所以逛的都是外銷成衣店，後來發現對方興趣缺缺，遂問她的預算是多少？

「兩萬。」夏小希答。

「兩萬塊能上商場買，運氣好的話，還能買到名牌。」

「我不管是不是名牌，只要把兩萬塊花出去就是。」

「妳是不是賺外快了？」

夏小希一時語塞，最後還是決定轉移注意力。

"原來是買給妳母親的，那的確該買好一點兒。"龐娟答，"今日就看我的，我一定幫妳挑件好的。"

後來她倆同時看上一件廓形雙面羊絨大衣，剛好可以遮住中年婦女的大肚腩。

當導購得知大衣是用來送人時，貼心地問需不需要把標籤（￥18，000）給剪了？

"不需要。"夏小希果斷地答，"對了，你們店裡有沒有標價兩千元的貨品？"

"當然有，圍巾一條一千元，買兩條就是兩千。"

夏小希二話不說，選了黃色和米色兩款，用來搭配駝色大衣正好。

當她倆走出店外時，龐娟對夏小希說："妳好像很執著兩萬這個數字。"

"是的，我恨那個數字。"她答。

龐娟投來不解的眼光，夏小希假裝沒看到，自顧自地往前走去。

第二十六章／倒打一耙

夏母收到女兒的包裹，一開始很狐疑，打開之後，狐疑變成了指責。

"小希也太不會過日子了！這大衣根本要不了18，○○○元；圍巾也是，那麼普通的一條要價1，○○○元，兩條便是2，○○○元，這也太坑人了！"夏母叨唸著。

當佟姐聯繫柳老闆，問他要如何解決店內員工被欺負的問題時，柳老闆二話不說就匯過去十萬元（他當然料想不到佟姐會扣下其中的八萬），所以知道夏小希的錢從何而來，也知道她這麼做是為了使自己難堪，但此時只能假裝不知情。

"這是妳女兒的一番孝心，就別在乎錢多錢少，收下就是。"柳老闆說。

"你不懂，為了不拖累小希，我已經開始存養老錢，也就是說，她現在的學費和生活費都只能靠自己。如今她不知哪根筋不對，給我寄來兩萬塊錢的禮物，我擔心她要如何支付那些費用？"

"放心，即使買了兩萬塊錢的禮物，她還是有餘錢。"

“你怎麼知道？”

一句話把柳老闆問倒了，他支支吾吾地解釋夏小希是他從小看大的，依據他的觀察，這孩子不會任性消費……

“這才是我要擔心的。”夏母答，“如果她能隨隨便便就花掉兩萬塊，錢打哪兒來？不行，我得找個機會問問。”

“妳還是省省吧！孩子給妳買禮物，還被問東問西，妳想她下次還會搬石頭砸自己的腳嗎？妳現在該做的不是疑神疑鬼，而是打電話表示感謝，其他什麼話都別說。”

雖然夏母隱約感覺到有哪裡不對勁，但鑑於她和女兒的關係近來很緊張，這突然的示好的確不能搞砸，於是勉為其難地接受柳老闆的建議——不再捕風捉影，並且即刻撥打電話。

“妳喜歡就好。”電話另一端的夏小希答，“柳老闆有沒有說什麼？”

“他也說大衣和圍巾好看，對了，妳的錢夠不夠花？”

聽母親這麼一問，夏小希的委屈爬上心頭，哽咽地答：“不夠花也這麼過來了，放心，妳女兒是打不死的蟑螂！”

夏母不明白為什麼尋常的問話會惹得女兒悲從中來，也許這當中真有她不知道的隱情……

“妳離得那麼遠，要好好照顧自己，可千萬別走歪了。”夏母叮囑著。

夏小希一聽來氣，什麼叫“別走歪了”？她若走歪了，也是柳老闆害的！

“還是看好妳的身邊人，談到走歪，他才是最大的嫌疑人！”

"什麼意思？"

"妳何不問問柳老闆？"

掛斷電話後，夏小希有了"報一箭之仇"的快感，但說不上是針對柳老闆還是自己的母親，也許兩者皆有吧！

與夏小希的"大快人心"不同，夏母這邊開始琢磨起女兒的話中話，心想莫非姓柳的有什麼把柄落下？

"怎麼了？"柳老闆察覺有異，遂問。

"我要小希別走歪了，結果她讓我看好你，還說你是最大的嫌疑人。"

"呵呵！嫌疑人？"柳老闆笑得很勉強，"這是開哪門子玩笑？"

"沒有就好，跟了你十幾年，名份沒撈到也就算了，可別讓我裡子和面子皆失，到時候撕破臉就難看了。"

此時的柳老闆心情複雜，想當初無非看這對母女可憐，所以既花錢又勞心勞力，雖然給不了名份，但該給的都給了，反倒是這兩人得寸進尺，他不過是犯了全天下男人都會犯的錯，事後還爽快付了十萬塊，沒想到做女兒的收下錢後卻倒打他一耙，而做母親的還出言恐嚇，人怎能壞到這種程度？看來這關係是該做個了斷，省得夜長夢多……

夏小希做夢也沒想到自己的一時嘴快會壞了母親的好事，更慘的是，負氣出走的母親無處可去，最後只能北上找女兒。

"小希，妳怎麼沒住學校宿舍？"夏母一通電話打了過去。

"我……我……妳在哪裡？"

"在宿舍門口呀！"

夏小希有太多問題想問，但此時的她正在送客人回家的路上，時間上不允許，何況也走不開。

"妳站在那裡別動，我讓朋友過去接妳。"夏小希說。

"妳朋友是男是女？"她母親嗅到一絲不尋常，遂問。

"女的，快臨盆了。"

現在換夏母有太多問題想問，但夏小希沒給她這個機會，匆忙掛斷手機後，緊接著撥打龐娟的電話號碼。

第二十七章／做白日夢的母親

"妳也幫幫忙，我都快生了，還差遣我？"龐娟在電話那頭嚷了起來。

"誰讓我媽不打一聲招呼就來，我也沒辦法啊！"夏小希解釋。

雖然嘴裡罵罵咧咧的，龐娟最後還是搭車去接人。當夏小希收工回來時，她母親正把一鍋白粥送上桌。

"媽，妳沒睡？"她問。

"這句話應該由我來問——妳一夜未歸，是睡了還是沒睡？"

夏小希聽完，望向龐娟的房間，那裡房門緊閉著。

"我朋友是怎麼說的？"她問。

"妳朋友說妳做代駕的工作，從夜裡到凌晨，所以沒法兒住校，因為學校宿舍會晚點名。"

這個答案基本吻合實情，只是隱去其中的危險性。

“我朋友說的沒錯，所以我現在得去補眠，省得待會兒上課打瞌睡。”

夏小希答完就想回房，結果被她母親一把抓住，問：“難道妳就不想知道我為什麼來找妳？”

“妳為什麼來找我？”

“因為……因為柳老闆外面有人了，所以我想消失一陣子，讓他感受一下失去我的痛苦，或許……或許事情還有轉圜的餘地。”

當柳老闆撲向自己時，夏小希就知道母親的地位已岌岌可危，如今這個傻女人還做著白日夢，妄想對方會用八人大轎迎她回去，真是可笑至極！

“那行吧！妳就暫時住下，等龐娟生完，妳還能幫著做月子。”夏小希說。

夏母立即抗議，表示自己又不是月嫂。

“妳不做，就得我做，我哪有時間？再說，我之所以能食宿全免，且每月另有7000元的進賬，還得拜‘照顧孕婦’所賜，否則天底下哪有這等好事？”

夏母知道是小希接下的工作後，自然願意分擔，只是做完月子，女兒又該何去何從？

夏小希隨即要母親放心，因為她已經攢下一筆錢，到時候母女倆就能找個房子住下……

“可別把我放進妳的計劃中，”夏母答，“柳老闆應該很快會來接我回去。”

夏小希很想勸自己母親清醒過來，但話到嘴邊又吞下。

“隨便妳，妳開心就好。”她打了個哈欠，“我去睡了，別吵我。”

“等等，吃完早餐再睡。”她母親說。

然而瞌睡蟲已上身的夏小希哪顧得了祭五臟廟？她擺擺手，往自己的房間走去……

第二十八章/龐娟生了

"不速之客"的到來讓龐娟頗有微詞，尤其夏小希不願與自己的母親同床，客廳裡的沙發成了唯一的選擇。

"告訴妳，"龐娟抓住剛進門的夏小希，接著就是一陣輸出，"昨晚我到廚房拿水，差點兒被妳媽嚇到。"

"我媽呢？"夏小希換上家用拖鞋問。

"大概買菜去了。"

"這幾天妳吃的好嗎？"

"......嗯！"

"家裡乾淨不？"

"乾淨。"

"那妳還抱怨？"

自從夏小希的母親搬進來後，生活質量的確大有提升，譬如每餐都有魚、有肉、有湯，飯後也有切好的水果，家裡更是維持得一塵不染，比起夏小希這個不合格的"保姆"，她母親顯然靠譜很多。

「我也不是抱怨，而是半夢半醒間，真的會被嚇到，何況她還老愛說我，既要我別抽菸喝酒，還別聽吵死人的音樂。」

「除了客廳沙發，妳讓我媽睡哪兒？再說，一次會被嚇到，多來幾次就習慣了，至於其他……我跟她說去，另外還有什麼？我一併說了。」

「還有……還有……對了，妳怎麼沒告訴我——妳媽的男朋友就是柳易的父親？」

龐娟見過柳易，也知道他是夏小希的髮小，不過僅此而已。

「我不回答這麼無聊的問題。」夏小希沉下臉來，「待會兒還得上夜班，我先回房休息。」

等母親買菜回來，夏小希立即把人叫進房內。

「能不能別什麼話都往外說？」她氣得咬牙切齒，「又不是什麼光彩的事！」

「我只是想聲明自己不會一直待在這裡，畢竟遠香近臭嘛！」

「那也沒必要交代得這麼清楚啊！」

「小娟不像妳，她什麼話都對我說，包括她有個悲慘的過去，還是未婚先孕，既然人家都這麼坦誠，我怎好藏著掖著？」

夏小希聽完，喀噔了一下，心想龐娟不會出賣自己吧？！

「除了這個，龐娟還說了什麼？」夏小希問。

「她還說坐完月子就要出國去，所以妳是對的，得準備搬家了。」

龐娟要出國？這倒是第一次聽說，夏小希立即跑去核實。

"我一直想到美國走走，"龐娟答，"如果一切順利的話，也許三、五年後再回來。"

"三、五年？"夏小希揚起聲，"美國允許妳在那裡待上三、五年？再說，妳不是打算生產完就回學校唸書？"

"不瞞妳說，這些日子我和一個老美在網上談了朋友，他鼓勵我邁開第一步，還說會協助我在當地就學，完成我上美國大學的願望。妳想啊！既然能上美國大學，我還回那個三本大學幹啥？"

夏小希愣住了，曾幾何時，當包租婆、到美國上大學等，一度也是她的夢想，沒想到龐娟就要早她一步實現，而此人的先天條件甚至還不如己。

"咳咳！"夏小希咳嗽兩聲，"我認為……"

"我知道妳想說什麼，無非質疑我被騙了。實話說，就算被騙，我也認了，因為我想到一個沒有人認識我的地方，好從頭開始。"

夏小希心想怎麼龐娟的每一句話都說到她的心坎裡？畢竟她也曾想過躲到一個沒有人認識自己的地方，一切從頭開始。

"既然這樣，那我祝福妳！"夏小希誠心地說。

知道與龐娟離別在即，夏小希把上課及工作之餘的時間都拿來找房，這一找才發現問題多多——租金高的負擔不起；租金低的總有這個、那個的缺點。

"何必麻煩？"龐娟說，"我退租後，妳緊接著租下去就是，我想房東會樂見其成。"

房東當然樂見其成，但少了"保姆"的工作，夏小希的月薪只有八千元，而這房的租金是五千，她實在不知道如何利用剩下的三千元去支付生活上的種種開銷？

龐娟聽完，建議她把其中一間出租出去，好歹能收回租金的一半。

"不，另外一間留給我母親。"夏小希說。

"可是……"

"我不管我母親是怎麼跟妳說的，她跟我住這件事沒得商量！"

正當夏小希煩惱"房事"問題時，某個凌晨，她一進門便發現家裡空無一人。

"龐娟該不會生了吧？！"夏小希喃喃道，接著撥打母親的手機號。

"小娟生了，男孩。"夏母在電話那頭興奮喊道，"妳趕緊通知她家裡人。"

龐娟恨不得與自己的家人永久失聯，何況夏小希也沒有她家人的聯繫方式。

掛斷手機後，夏小希立即趕往醫院，忘了其實還有個重要聯繫人——佟姐。

第二十九章/懂我的人

很難用幾句話來概括龐娟生產後的日子，反正就是一片混亂，嬰兒不時啼哭就不說了，龐娟這個當媽的，還時而歇斯底里，時而黯然傷神，搞得夏小希都不想生孩子了。

當她把這個想法告訴母親時，她母親正色地說："妳可不能這麼想，當母親是天職，沒有孩子，生命就不完整了。"

"那不結婚呢？"她接著問。

"那是大逆不道，會遭天打雷劈。"她母親接著答。

"如果只結婚，不生孩子，或者只生孩子，不結婚，哪個更嚴重？"

"都嚴重，妳休想佔有其中之一。"

夏小希感到很不可思議，她母親結婚了，也生了孩子，可是並不幸福，不是嗎？

她母親聽完，支支吾吾半天，最後給了一個避重就輕的答案——只要妳結婚生子，我就幸福了。

這麼耍無賴的回答，也是沒誰了。

另一邊，柳易的頻繁關心也是問題，有一次甚至把她堵在學校食堂，逼得夏小希不得不退出排隊的隊伍。

"你到底想怎樣？"她沒好氣地問。

"就想問妳是不是不住校了？"

夏小希的心喀噔了一下，忙問是哪個大嘴巴說的？

"誰告訴我的重要嗎？問題是妳住沒住校？"

"我住沒住校，干你何事？"

柳易抿了抿嘴，這是克制某種情緒的表現；反觀夏小希，她的下巴揚起，嘴角下垂，這是內疚的肢體語言（顯然，她也意識到自己把話說重了）。

"好，那……"

柳易話還沒答完，夏小希就主動交代她沒住校是因為打工結束得晚，無法在宿舍關門前趕回來，只好搬去與以前的室友同住。

"妳在哪兒打工？結束得晚究竟有多晚？"柳易問。

夏小希就知道會是這個結果，到最後總會問到她最不想回答的環節。

"在校生能打什麼工？無非也就那樣；打工能有多晚？再晚也得讓人睡覺。"

這個回答跟沒回答一樣，不過倒也間接解釋了為什麼夏小希總不回他的消息。

"我……關心妳，如果妳覺得這是一種負擔，那麼我儘量不打擾妳好了。"

這是哪門子的"以退為進"？夏小希聽了不禁來氣。

“你想關心就關心，不想關心就別關心，我⋯⋯無所謂。”她答。

“那麼⋯⋯我還可以繼續關心妳嗎？”

夏小希沉默了一會兒，最後還是點頭，畢竟柳易關心她的日子已經遠遠超過不關心她的日子，夏小希不確定少了這份關心，她是否能適應過來？

然而“允許”柳易關心所帶來的困擾也是顯而易見的，好比現在他就提議——從今以後由他護送打工完畢的夏小希回家，因為越夜越不安全。

“不，我自己會照顧自己。”她果斷拒絕。

“可是⋯⋯”

“如果你的關心是把我繫在你的褲腰帶上，那我寧願不要。”

最後達成的協議是夏小希儘可能地回覆柳易的留言，哪怕只是個表情包。

“既然已經達成協議，我們慶祝一下吧！”柳易開心地說。

“你沒病吧？！”夏小希睜大眼睛，“這有什麼好慶祝的？”

“其實我想說的是——今天是我的生日，我特地跑過來，就是想與妳共度這個特殊的日子。”

夏小希恍然大悟，接著感到愧疚，她的每年生日，柳易都記得，可是她卻總記不住他的生日。

“對不起，我忘了。”夏小希說。

“沒事，忘了才正常，如果記住了，那才有鬼！”

“討厭！你怎能這麼說話？”

「好啦！現在換我道聲對不起，咱們可以吃飯了嗎？我餓扁了。」

夏小希點了點頭。

本來，柳易想找個好點兒的餐廳，但夏小希表示自己下午還有課，還是上學校食堂吃方便。

這正中柳易下懷，他巴不得讓所有人都知道他與夏小希的關係不一般，而夏小希其實也有自己的小算盤，因為某個學長正對她展開熱烈追求，她想藉此讓他死心……

所有的大學食堂大概都有"選擇性多、價格便宜"的特點，夏小希的學校當然也不例外。此刻，她就站在琳琅滿目且標價低廉的攤位前，躊躇了一會兒後，還是決定上二樓，因為學長是西北人，她猜想他應該會喜歡樓上的麵食。果不其然，她在刀削麵的攤位前見到那個有點兒熟又不太熟的背影。

「柳易，今天是你的生日，所以我請你吃長壽麵。」夏小希說。

柳易以為長壽麵是面線或龍鬚麵，怎知夏小希卻帶他來到刀削麵的檔口，而且貌似有個男學生正對他倆投來不甚友好的目光。

「易，」夏小希挽住柳易的手臂，「你想吃什麼？」

「我……」柳易有些受寵若驚，「隨便，妳吃什麼，我就吃什麼。」

於是夏小希叫了兩碗油潑麵，一大一小，大的給柳易。

當快吃完時，柳易忽然問：「我背後的那個人走了嗎？」

「哪個人？」

「讓妳想除之而後快的人。」

夏小希聽完不禁莞爾，感嘆柳易可真是她肚裡的蛔蟲。

"我以為知音比蛔蟲好聽多了，"柳易對她俏皮一眨眼，"妳不這麼認為？"

啊！世上怎會有如此懂她且不失幽默的人？可惜他是柳老闆的兒子。

"我媽搬來和我一起住了。"夏小希宣佈，除了轉移話題外，同時也表明自己終於兌現"搬出柳宅"的承諾。

"我知道，我爸告訴我了。"柳易用筷子在碗裡挑啊挑，但一點兒也沒有進食的慾望，"他倆就此分手也好，我們也可以從頭開始。"

從頭開始是什麼意思？夏小希好不容易才從泥沼裡抽身，她可不願又與柳家糾纏不清。

"聽不懂你在說什麼。"她拿出手機看一下時間，"抱歉！我得上課去了，你的生日禮物我一定補給你。"

柳易知道夏小希的手頭不寬裕，遂指著眼前的碗，說："妳已經請我吃麵了，就當作是生日禮物吧！"

"那哪成？"夏小希起身，"說了會補給你，就一定補給你。"

十幾天後，柳易收到一個包裹，裡面是一本書，與自己書架上的書一模一樣。

"啊！世上怎會有如此懂我且深得我心的人？"柳易心想，"可惜她是夏阿姨的女兒。"

第三十章 / 齟齬

這天回到家，夏小希的母親把她拉到廚房，問：“送財的父親是誰？”

“送財”指的是龐娟生的孩子，因為長得白白胖胖的，很像送財童子，夏母遂把“送財”的小名奉上。

“別再喊‘送財’了，他有個洋名叫George。” 夏小希說。

“中國孩子取什麼洋名？” 她母親睜了她一眼，“送財多喜氣，寓意也好。”

夏小希懶得反駁，正想回房時，被她母親拉住，因為答案（送財的父親是誰？）還沒揭曉。

據龐娟交代，孩子的父親是一家上市公司的老闆，已婚，年紀大到足以當龐娟的爺爺，這也是她當初沒有堅持用套的原因，哪曉得一次就中……

“送……”夏小希及時踩刹車，“George的父親是誰有那麼重要嗎？”

“當然，” 她母親答，“今天一個老頭子上門來看孩子，我怕是孩子的爺爺來搶孩子了。”

夏小希原本還納悶怎麼佟姐不採取行動？看來已經進入博弈階段。

"看就看唄！龐娟同意就行。"她答。

"怪就怪在這裡，龐娟還提到錢，妳說她會不會為了錢，捨棄自己的孩子？"

夏小希對這樣的猜測（尤其還不幸矇對了）感到心煩，她讓自己的母親別瞎操心別人的家務事，還是多關心一下自己的女兒吧！

結果下一秒鐘，夏母便詢問她有沒有男朋友？有的話，帶回來見見。

聽到母親開始表達"關心"，夏小希感覺這是搬石頭砸自己的腳，趕緊逃之夭夭。

次日，夏小希趁上學前溜進龐娟房裡，問："昨天孩子的父親是不是來看孩子了？"

"妳的消息可真快！"龐娟邊答邊望著懷裡拼命吸吮乳汁的嬰兒，"是的，他來看孩子了，還說親子鑑定若證實是他的，他會抱回去養。"

原本的計劃是訛上錢，便將孩子送養，如今少了一個步驟。

"這倒好，佟姐不用費心找收養家庭，妳的孩子也能跟著自己的父親過上好日子，算是皆大歡喜。"夏小希答。

見龐娟不吱聲，夏小希遂問她是不是改主意了？

"那倒沒有，我只是擔心孩子將來會不會受虐，畢竟那個家庭也不是無孩，兩個哥哥還已成婚，很快會替家族開枝散葉。"

原來這件事的背景沒那麼簡單，龐娟的擔憂不無道理。

“不管怎樣，孩子跟著父親總要好過跟陌生人，別人或許會虐待他，自己的父親總不會吧？！”夏小希說。

“我也只能這麼安慰自己，畢竟只生不養，我也沒立場說什麼。”

氣氛頓時變得有些壓抑，夏小希遂轉問佟姐的談判結果如何？

“如果親子鑑定證實孩子真的是葉老闆的，佟姐希望最後能談到一千萬元，我得一半。”

“人民幣？”

“當然是人民幣，妳以為是美金啊？”

夏小希沒覺得是美金，她以為會是什麼不值錢的貨幣，畢竟一千萬元人民幣是大部分人一輩子都無法企及的高度。

“恭喜了。”夏小希說。

“妳如果非誠心，那就別說了。”

“什麼意思？”

“誰說恭喜時會表情凝重？”

這還真不能怪夏小希，雖然她高興龐娟能拿上一筆鉅款遠赴美國，但畢竟是“賣孩子所得”，怎麼也光彩不起來。

“妳說的對，我應該祝妳多行不義必自斃。妳就拿著妳的賣兒錢到美國逍遙去，上天總有辦法治妳！”

說完氣話，夏小希扭頭就走。

第三十一章 / 兩個驕傲的人

與龐娟撕破臉後，夏小希並沒有馬上修復的念頭，而是打算緩幾天再說，因為她的心思正被別的事給牽絆著，起因是幾日前她載到一名醉得不醒人事的洋人，正要踩油門離去時，被泊車員小許緊急攔下。

"等等，"他敲打車窗，"妳順便載另一名客人回家，這兩人住同一小區。"

夏小希不置一語（事實上，她也無權拒絕），於是上來了一位西裝革履的男士，從後視鏡看去，年紀約35歲左右，身上自帶一股貴氣。

"本來我想自己叫車，泊車員說正好有順風車可坐。"那人解釋，帶著奇怪的口音，"放心，我會付你車資。"

"不用了。"

夏小希一答完就後悔，因為聲音暴露了她的性別。

車子行駛一段路後，夏小希還是沒忍住，問："你是不是以為我是男的？"

"不瞞妳說，是的。"

"我這麼變裝是為了保護自己，畢竟夜深了，客人又多半呈醉酒狀態。"

"能理解，妳專心開車就是。"

這麼猝不及防的一盆冷水潑下來，反倒喚醒夏小希的征服慾。

抵達目的地之後，夏小希怎麼也沒料到會受小區保安刁難。正爭論時，後座乘客搖下車窗向保安表明自己的身份——B座1824房，楊澤岩。

"你說住這兒就住這兒嗎？"保安無禮地懟回去。"每個人都這麼矇騙過關，小區還有什麼安全性可言。"

"我說的不算，這車卡總認得吧？！"

楊澤岩一答完，把手裡的車卡交給夏小希，她一刷，道閘立即升起，車子絲滑開進地下停車場。

"謝謝！"夏小希將車卡歸還，"我先載你回去，是B座沒錯吧？！"

"是B座，但妳先送這位老外吧！我可以等。"

根據小許遞過來的紙條信息，這名老外住在A座1517房，家裡有傭人（意思是夏小希只需撥打傭人的手機號，自然有人效勞，可是她卻選擇不撥打）。

"那好，我先送老外。"夏小希答。

車子來到A座電梯口，夏小希下車去扶老外。

"妳該不會想送人送到家吧？！"楊澤岩問。

"這是我的工作……如果客人家裡沒人的話。"

聽夏小希這麼一答，楊澤岩把"讓他的家人下樓接人"的話吞下肚裡去。

夏小希的小算盤是只要這名驕傲男人願意伸出援手，代表自己還有征服對方的可能，可是直到走到電梯口，那人還是紋風不動，看來此人不僅桀驁不馴，還不具備任何同情心，失去了也不足惜……

"我還是幫妳一把吧！"楊澤岩下車，"不然照這個速度，我得等妳等到天亮。"

後來，三人跌跌撞撞地來到1517房外。

"妳知道密碼嗎？"楊澤岩問。

"不知道。"

"那……"

楊澤岩話還沒答完，夏小希就敲了門。

"啊？"開門的中年婦女頗為詫異，"我還以為自己要下樓接人，真是太感謝了！"

送走老外，電梯裡一片死寂，還是夏小希先開口。

"我現在就送你回B座。"她說。

"不用了，我可以自己走回去。噢！對了，"楊澤岩掏出手機，"我轉車資給妳。"

"不用了。"

"真不用？"

"真不用。"

"那好。"

當電梯門一開，楊澤岩頭也不回地走了，連再見也沒說，這讓自視甚高的夏小希頗感不是滋味，因為向來都是她拒絕人，鮮少有人給她軟釘子碰。

〝等著瞧！我一定會讓你臣服於我。〞夏小希的內心吶喊著。

第三十二章／第一次面對面

初二時，班上一位男同學死活不肯與夏小希同桌，原因不詳，夏小希沒有征服他的慾望。

高三時，一位跌傷腿的年輕小夥子拒絕夏小希的幫忙，理由是自己可以走路上醫院，夏小希同樣沒有征服他的慾望。

那麼問題來了，為什麼大二時，一個年紀比她大上十多歲的男人會讓她產生征服慾？而且打從相遇以來，腦海裡盡是他的身影，甩也甩不掉。

"夏小希呀夏小希，妳是中了什麼邪？還不快點兒清醒過來！"她向自己喊話。

然而越讓自己理智就越失控，上課時想他，下課時想他，看書時想他，走路時想他，吃飯時想他，睡前時想他……甚至夜裡夢的也是他，大概只有上班時不想，因為此時她的目光會專注在進出會所的客人身上，默默祈禱那個男人還會再度出現，然而幾天過去了，依舊杳無蹤影。

這一天，泊車員小許吹來短聲口哨（代表客人已經醉到分不清東西南北），Alice和Lily同時望向夏小希。

夏小希輕嘆一聲，迎了上去，結果發現乘客正是幾日前見過的洋人。

"他可真是無酒不歡啊！"夏小希說。

"樓上的，妳懂的。"小許答。

這個回答提醒夏小希得先搞清楚一件事。

"上次與這位洋人同車的男人是否也是樓上客人？"她問。

"不是，他是餐廳客人，後來女伴氣沖沖地開車走了，他只能自己想辦法回去。"

"女伴？"

"當然，這麼好看的男人不可能單著，我猜那女的不是老婆就是女友，漂亮得很！"

夏小希一聽，腦袋一轟，這還能怎麼著？然而送老外回家的路上，她卻自行組合了不下十幾種可能性，全跟這個男人有關，譬如他的女伴不一定是老婆或女友，也有可能是親戚或朋友；退一萬步說，即使是老婆或女友，也不代表天長地久，畢竟在這個快餐式感情肆意的年代，離婚率和分手率都很高，不是嗎？

絲滑開進地下停車場A座後，她撥通傭人的手機號，那名數日前曾見過的粗壯婦女很快下樓來，夏小希還幫著將老外送回家。

任務完成後，夏小希本來應該騎著她的摺疊車回到會所，可是她卻選擇來到B座，並且按下電梯18樓的按鈕。

當電梯門打開，她直奔1824房。

"1824……1824……1824……啊！"她停下腳步，"找到了。"

望著那扇茶黑色的房門，夏小希忽然心生膽怯，而更加令她驚恐的是——門忽然打開了。

"妳怎麼現在才來？"一個美得相當跋扈的女人不耐煩地說，"馬哈正等著妳遛呢！"

夏小希剛想否認，女人已進屋去，再出來時，手裡牽著一隻哈士奇。

"遛完記得幫狗擦腳再讓它進屋，別忘了。"女人說。

想到可以一窺那男人的家，夏小希把澄清身份的事擺在一旁。

好不容易遛完狗，正等電梯時，一名晚歸住戶問她是不是剛搬來？

"不，我不住這裡，我幫1824遛狗。"她答。

"啊？妳是女的？"

夏小希這才想起自己還戴著口罩，遂取下。

"哈！真的是女的，我還以為是男的，這下子終於放心了。"

"放心什麼？"

"那麼晚了，我可不敢與陌生男人同乘一部電梯。"

原來是這個原因，夏小希釋然了。

到了18層，電梯門一開，夏小希還沒來得及抓牢繩子，叫馬哈的狗便已飛奔出去，雖然努力追趕，依然遲了一步——那隻飛狗已經撞開虛掩的1824房門。

夏小希暗呼不妙，正準備逃跑時，從屋內走出來一個人。

"請問……"楊澤岩與走廊上唯一的嫌疑人面面相覷了幾秒鐘，"是妳遛的狗嗎？"

夏小希連吞好幾口口水後，答："不，不是，遛狗的人已經乘電梯下樓去了。"

"真不負責任！"他喃喃道，"不好意思，誤會妳了。"

"沒事。"

此刻，楊澤岩像想起了什麼，一語不發地凝視著她。

"怎……怎麼了？"她膽戰心驚地問。

"妳好像……"

"好像什麼？"

夏小希以為是自己的聲音洩了密，畢竟之前一直戴著口罩。

"沒什麼，當我沒問。"楊澤岩忽然傻笑起來，但很快克制住，"對了，妳是新搬來的鄰居嗎？"

"……嗯！"

"那麼後會有期了，晚安！"

"……晚安！"

當1824的房門關上後，夏小希若有所失，她多希望自己"真的"住在這棟樓裡，那麼她就能光明正大地與這個男人問早道好。

經這麼一折騰，夏小希回到會所時，明顯比平常晚了許久，她的解釋是——摺疊車壞了，好不容易才找到修車師傅。

"這麼晚還找得到修車師傅，妳可真幸運。"Alice冷哼一聲，"小心啊！佟姐最恨小姐接私活。"

“我不是小姐，我是代駕。”

“我和Alice原本也只是代駕，”Lily接棒，“但做著做著就成了兼職小姐，畢竟那樣少的薪水可應付不了大城市的高消費。”

說的雖是實情，但夏小希懶得回應，默默拿出課本溫習，因為再過兩個禮拜就是期中考了，她得開始準備。

第三十三章／邂逅

八年前，楊澤岩被新加坡總公司派往上海工作，每天的行程排得滿滿的，但他還是騰出時間談了兩段戀愛，可惜皆無疾而終，表面原因是個性不合，實際原因還是個性不合，因為他太過強勢且過度要求完美，所以相處一段時間後，不僅女方受不了，他也漸漸察覺對方遠遠夠不上他的標準，一拍兩散成了無可避免的結局。

想起在新加坡時交往過的"諸多"女友，最終也都化為昨日雲煙，楊澤岩不免感嘆也許世上永遠也找不到他的Miss Right。此時，一位完美女神降臨了，還是以一種猝不及防的方式……

"哥，走了啦！"楊澤顏說。

"妳走先，我想再多待一會兒。"

楊澤顏往哥哥的視線望過去，不禁噗嗤一笑，說："雖然長得不壞，可惜是個雕像，你不會想把她娶回家吧？！"

在這座名不見經傳的歐洲小博物館內，楊澤岩起初並不期待有奇蹟，直到見到美女石雕，這才意識到原來美的標準並不會因為時空差異而有所不同（顯然，這位石雕女人已達到他對美的追求，至少外形上符合了）。

針對妹妹開的玩笑話，楊澤岩忽然心生"有何不可？"的想法。

"藝術源於生活，"他答，"我相信生活中一定有這樣的女人，那麼娶回家也不是不可能。"

"原來你喜歡洋女啊！怎麼你交往過的女孩子皆是亞洲人長相？還有，就算把人娶回家，大概不出幾天就會因為受不了你的臭脾氣而離家出走。"

楊澤岩本來並沒有往"洋女"的方向想去，經妹妹這麼一提醒，他忽然有種"醍醐灌頂"的感悟。

"如果真讓我遇到這樣的……洋女，我肯定會做出改變。"他答。

甭管楊澤岩說的是不是真心話，但他開始把交往對象放在濃眉、大眼、白皮膚的洋妞身上卻是鐵一般的事實，可惜婚戀市場上，洋妞並不太把保守內斂的華男放在眼裡，這讓一向心高氣傲的楊澤岩大受打擊。

一年後的某個夜裡，楊澤岩喝完紅酒，正打算入睡時，物業管家打來電話，說："有個叫楊澤顏的女人要找哥哥楊澤岩。"

很多人對他們兄妹倆為什麼要取相同發音的名字感到困惑，這也包括當事人——楊澤岩與楊澤顏。

"阿爸，你為什麼給我和小妹取同樣發音的名字？"七歲的楊澤岩曾問父親。

"不關我事，名字是你們的爺爺取的。"

楊澤岩的爺爺來自福建，雖然已經移居新加坡數十年，依舊只會說閩南話。

"阿公，利為蝦米給哇和小妹取同款的名？"楊澤岩跑去找爺爺要答案。

"嘸同款，一個唸yiam，一個唸gran。"他的爺爺答。

是這樣的，岩的閩南語發音是yiam（三聲），是"煙"和"然"的組合音；而顏的閩南語發音是gran（二聲），是"甘"和"然"的組合音，兩者的確有差異。

"壓毋過這兩個名的北京話是同款的。"楊澤岩說。

"誰讓利供北京話？Hok-Kien人就該供Hok-Kien話。"

楊澤岩的爺爺平常不是待在家裡，就是上楊氏祠堂幫忙，兩點一線，講福建（Hok-Kien）話當然無可厚非，但楊澤岩與楊澤顏不一樣，他倆上的華文學校教的是普通話，這給兄妹倆帶來不小的麻煩，譬如妹妹楊澤顏老不按牌理出牌，每當被老師在朝會上點名批評時，作為模範生的楊澤岩總想挖個地洞鑽進去，因為批評楊澤顏聽著就像批評楊澤岩，尤其兩人還是兄妹關係；反觀楊澤顏，她也未必好受，因為自己的哥哥太過出色，每當被老師在朝會上點名表揚時，作為問題學生的楊澤顏總想挖個地洞鑽進去，因為表揚楊澤岩聽著就像表揚楊澤顏，這未免也太諷刺了吧？！

如今一年未見的楊澤顏忽然招呼不打一聲就上門來，楊澤岩有了不祥的預感。

"她是我妹妹，讓她進來吧！"楊澤岩對著對講機說。

不到一刻鐘，楊澤顏就帶著好幾件行李（外加一條哈士奇）上門來。

"別告訴我——妳從此賴在我家不走了。"楊澤岩說。

"一輩子不好說，三、五個月是可能的，誰讓阿爸把我趕出家門了。"楊澤顏答。

如果一個家註定要有個逆子，楊澤顏當之無愧，從小到大就沒讓家裡省心過。

"妳這次是殺人還是放火了？"楊澤岩接著問。

"什麼壞事也沒幹，只是交了個印度朋友而已。"

楊澤岩的公司多的是印度裔高管，個個都很傑出，他心想妹妹交的男友恐怕不在優秀之列（甚至談得上差勁），才會被趕出家門。

"妳和印度朋友註冊結婚了沒？"他冷冷地問。

"沒，他家裡人不同意。"

"既然這樣，阿爸為什麼趕妳出去？"

"因為……因為我把家裡的貨款給了Kumar。"

楊澤岩就知道會是這個結果！

"聽著，我只能收留妳3個月，時間一到，妳要嘛回新加坡，要嘛自己在上海找個租處搬出去，還有，絕對、絕對不能讓Kumar上我這裡來，否則妳得馬上捲鋪蓋走人！"

"知啦！"楊澤顏翻了個白眼，"真囉嗦。"

就這樣，作為不速之客的楊澤顏名正言順地留了下來。本來兩兄妹一直相安無事，直到楊澤岩獲知妹妹又交上一名男友，還是個老黑，這才掀起狂風巨浪。

"妳可真會挑日子，"楊澤岩放下筷子，"特意選我過生日的時候講，妳是怕我的心情太好嗎？"

"你不要亂亂講，我沒那個意思，何況是我交朋友，又不是你交朋友，我不過是知會一下先，省得你抱怨。"

"抱怨什麼？"

"抱怨我把你的哈雷借給了Sam。"

楊澤岩有一輛95年哈雷機車，平常寶貝得很，說是當成收藏品收藏，一點兒也不為過，沒想到卻被自己的妹妹給出借了。

“妳打電話讓他立刻、馬上把機車還回來，否則我報警了。”楊澤岩氣憤說道。

“Sam在武漢，怎麼也得等到明天或後天才有可能歸還。”

自從妹妹搬進來之後，家裡就沒乾淨過，如今加上這件窩心事，算是踩到楊澤岩的底線，他顧不上說話環境（此時，兩人正坐在高級餐廳內用餐），果斷趕人。

“走就走！”楊澤顏猛然站起，“你以為沒了你，我就活不成了嗎？”

楊澤顏走後，楊澤岩繼續吃著精緻的上海菜，連飯後甜點也沒放過，因為今天是他的生日，怎麼也不能壞了興致。結果一結完賬，他就發現妹妹把車開走了，還好關鍵時刻，泊車員為他攔下一輛順風車。

“你是不是以為我是男的？”車上駕駛員問。

“不瞞妳說，是的。”

“我這麼變裝是為了保護自己，畢竟夜深了，客人又多半呈醉酒狀態。”

“能理解，妳專心開車就是。”

誰能想到說話輕聲細語的女人同樣不老實，竟然捉弄他將醉酒老外送回家，害他回家後洗了近一個小時的澡，才算把老外身上的狐臭和酒味給去除乾淨。

當他從浴室走出來時，不知從哪裡冒出來的楊澤顏捧著一個甜甜圈（上面還插著一根蠟燭），邊唱《生日快樂歌》邊向他走來。

“妳這唱的是哪一齣？”他問。

“生日快樂歌呀！”她放下甜甜圈，同時跳上楊澤岩的後背，“親愛的哥哥，祝你年年有今日，越活越年輕！”

從小到大，自己的妹妹就是這副無賴相，他早見怪不怪。

“我的那輛哈雷若有任何閃失，惟妳是問。”他說。

“當然，如果哈雷有事，我切腹自殺，這總可以吧？！”她答。

後來哈雷果然傷痕累累地出現，楊澤顏怕被五馬分屍，躲了兩天，再出現時，彷彿什麼事都沒發生過，害楊澤岩連罵人都不知從何罵起。

一連發生這麼多煩心事，楊澤岩以為這個月不可能再有奇蹟，哪曉得幾日過後就讓他邂逅一位形似“完美女神”的女孩。

“妳好像……”

“好像什麼？”

楊澤岩忽然覺得可笑，眼前的女孩雖有同樣的歐式美顏，但畢竟是真人，他怎麼傻到把真人與石雕像給混淆了？

“沒什麼，當我沒問……對了，妳是新搬來的鄰居嗎？”

得到肯定的答覆後，他假裝鎮定地說：“那麼後會有期了，晚安！”

當房門關上後，楊澤岩若有所失，他多麼希望自己能主動點兒，可惜錯過了，還好新鄰居就住同一樓層，早晚還會再見面。

然而兩個禮拜過去了，依然不見伊人身影（即使他刻意在走廊上徘徊，仍然無濟於事），這才不得不求助管家，結果管家篤定地告訴他——最近一個月，B座18層沒有新搬來的住戶。

"那麼整個小區呢？"他接著問。

"這個我得查一查。"

經一查，新搬來的住戶老的老，小的小，皆不符合楊澤岩的描述。

"既然這樣，你調一下VCR不就清楚了？"楊澤岩不屈不撓地建議。

管家反問他是否有什麼迫切的理由？

"不迫切，只是單純想與新鄰居聊聊。"他答。

"那麼抱歉了，沒有正當理由，我們物業是不能公開住戶信息，尤其是影像部分。"

就這樣，楊澤岩懷著惆悵離去，並且鬱鬱寡歡了好一陣子。

第三十四章 / 賣身契

在楊澤岩努力尋找白月光的這段日子裡，夏小希過得並不好，連帶期中考試也受影響，這代表期末考試得考出個好成績，否則就等著被掛科。

"事情已經過去那麼多天了，"佟姐說，"妳和妳母親想好了沒？"

"想好了，我們……我們等法律的判決，該受罰就受罰。"夏小希假裝無畏地答。

"妳談的是法定責任，我和龐娟的損失該怎麼算？"佟姐問。

"也許這麼說很扎心，但我與母親就賤命兩條，妳想要就拿去好了！"

說起這起不幸事件，夏母到現在還一臉懵逼，她不知道送財為什麼會忽然停止呼吸？唯一的可能猜測是——趴睡帶來了窒息風險。

得知寶寶沒了之後，龐娟像個木頭人似的。

"龐娟，"夏小希輕拍她兩下，"妳還好吧？！"

龐娟眼神呆滯地回望過去，問："妳說的是誰家寶寶？不會是我的George吧？！今天早上我還餵他吃奶呢！"

寶寶出問題時，龐娟正在睡覺，一覺醒來卻被告知孩子沒了，任誰都無法接受，但事實就是事實，怎麼也得讓親生母親知曉。

"啊！"夏母忽然情緒激動，"我也不清楚為什麼會這樣，但我肯定是有責任的，妳若要怪，就怪我吧！"

當場，龐娟並未發火，反而安慰起明顯更加傷心的夏母，可是次日態度卻來個180度大轉變。

"George一死，我的所有計劃都泡湯了，美國當然也去不了，妳和妳母親得賠償我的損失。"她說。

"賠償肯定是會的，"夏小希答，"但也得看我們母女倆的經濟狀況。"

"妳知道我原本可以有五百萬元的進賬。"

"別說五百萬了，就算五十萬也夠嗆。"

見差距太大，龐娟喊來佟姐，顯然，後者不是吃素的，三言兩語便讓夏家母女嚇得直打哆嗦。

"讓我和母親先處理寶寶的後事，其他的過幾天再說。"夏小希答（此刻的她也只能採取拖字訣）。

然而再怎麼拖，終有面對的時候，夏小希想了想，既然沒錢是事實，那就只能耍無賴了。

"妳和母親想耍無賴是嗎？"佟姐問。

"不是這個意思，我……我只是陳述事實。"

"早料到妳和妳母親會使上這一招。"佟姐把準備好的紙扔桌上，"簽了吧！"

夏小希拿起一看，臉色大變。

「怎麼了？小希。」夏母搶過紙，快速閱讀，「這……這是逼良為娼啊！」

「妳女兒也可不簽，給錢就行。」佟姐說。

這無疑扔下一枚重磅炸彈，炸得母女倆面目全非。

待佟姐走後，夏小希與母親如喪考妣。

「怎麼辦？都是我不好，如果我能多探一探送財，就不會有後面什麼事了。」

「妳就別再自責了，事情已經發生，還是想想該如何解決。」

兩人沉默一會兒後，夏母忽然靈機一動——這是法治社會，何不報警？

「沒用的，」夏小希絕望地答，「明槍易躲，暗箭難防，妳就不怕這幫人來陰的？」

夏母頓時洩了氣，但這不表示她打算坐以待斃，因為再現身時，她已經整理好行李。

「媽，妳這是上哪兒去？」夏小希驚訝問道。

「回去求柳老闆幫忙。」夏母不忘對女兒耳提面命，「記住了，我回來之前，妳什麼字都不許簽！」

夏小希最恨母親又與柳老闆糾纏不清，但眼下也沒別的法子，畢竟兩百萬元（還是經砍價後的賠償）不是個小數目。

等大門一關上，夏小希的眼淚不爭氣地流了下來。

「哭什麼？」她喃喃自語，「錢的事都是小事，總有辦法解決。」

語罷，她又哭得梨花帶雨。

第三十五章／難題

在等待的日子裡，夏小希仍忙得像個轉不停的陀螺，但那是下意識動作，她能感覺到自己的腦袋空了，心也跟著飄浮不定，尤其當面對那個氣氛怪異的家時，分分鐘都是凌遲，因為龐娟不再與她說話，而是以幽怨且空洞的眼神望著她……

這一天，夏小希一進家門，龐娟便說：“回來了。”

夏小希望向身後，空無一人。

“妳這是對我說話？”她問。

“當然，屋裡就妳和我兩人。”

夏小希愣了一下後，回覆：“嗯！待會兒我還得出去。”

“我也是，瑜伽班六點上課。”

自從孩子沒了，夏家母女又給不了賠償，龐娟已經陰陽怪氣好一陣子了，如今卻主動套近乎，夏小希心想事出反常必有妖，遂故意問：“妳有錢上瑜伽班？”

"妳就是這樣，"龐娟睨了她一眼，"得了便宜還賣乖！"

"什麼意思？"夏小希猛然一驚，"莫非……莫非妳拿到錢了？"

"別再裝了，再裝就不像了。"

聽龐娟的意思，應該是拿到錢無誤，夏小希立即衝回房間打電話。

"是的，"她母親承認，"柳老闆將一筆銀行定存解約，又賣了一些股票，才把錢湊齊。"

夏小希心想天下沒白吃的午餐，自己的母親肯定受委屈了，然而她母親卻極力否認，還要她別胡思亂想。

"我不相信，妳肯定犧牲了什麼。"夏小希仍糾著話題不放。

"若要說犧牲，那也是妳，不是我。當然，從另一個角度看，這是皆大歡喜的事，算不上犧牲。"

聽母親這麼一澄清，夏小希的心喀噔了一下，這事怎會扯上自己？

"媽，妳就行行好，快把真相告訴我，省得我猜。"她催促著。

她母親起初還扭扭捏捏，見拗不過，最後才全盤托出。

夏小希聽完，呆若木雞。

"小希，妳還好吧？！"她母親在電話那頭問。

"被自己的親生母親給販賣了，妳讓我怎麼好得起來？"夏小希對著手機怒吼。

"這……這怎能算販賣？充其量是提前收了彩禮錢，那也好過被逼良為娟，不是嗎？"

在夏母看來，夏小希與柳易算得上青梅竹馬，雖然兩人的感情時而親密時而疏遠，但絕沒達到水火不容的地步，何況柳易這孩子一向情緒穩定，配上脾氣欠佳的女兒正好……

然而在夏小希看來，卻是完全不同的光景，雖然柳易一向待她極好，但她把他擺在哥哥的位置上（有段時間，她也曾迷茫過，不清楚柳易對她來說算什麼，最終才落實"兄妹之情"），哥哥又怎能與妹妹結婚？簡直離了大譜！

"我堅決不同意，妳馬上把錢還回去！"夏小希對母親說。

"晚了，柳老闆已經匯款過去，妳知道的，讓人再把錢吐出來，難如登天。"

不用母親提醒，夏小希也知道讓佟姐還錢好比鐵樹開花，倒不如去買彩票，中頭彩的機率還高些。

"那件事是柳老闆提議的，還是柳易說的？"夏小希懷著希望問。

"當然是柳老闆，他說自己兒子的那點兒小心思，他懂的。"

知道這是柳老闆一廂情願的想法後，夏小希大鬆一口氣，因為這代表事情還有轉圜的餘地。

聽女兒這麼一說，夏母哭了出來。

"妳怎麼哭了？"她問母親。

"我怎能不哭？妳一求柳易，他肯定答應，這豈不是陷我們母女倆於不仁不義之中？"她母親答。

"妳放心，兩百萬元我會歸還的。"

"別做夢了！"她母親立即潑來一盆冷水，"就算一年還上五萬，也要還40年，還沒算上利息。妳捫心自問，一年能存上五萬元嗎？妳也別指望我，柳老闆說了，現在僱的家務員做得好好的，沒理由趕人，妳也知道高薪的家務活難找，我又不具備競爭力。"

夏小希一時語塞，母親說的是事實，这如何是好？

"今天夠了，別再說了，讓我靜一靜。"她心如死灰地答。

掛上電話後，排山倒海而來的壓力立即將夏小希壓得喘不過氣來，她像一隻苟延殘喘的螻蟻，趴在地上痛若哀號，有誰能幫到她？這是一道難題啊！

第三十六章／措手不及的柳易

知道兩位大人私下把婚約給定了，夏小希簡直生無可戀，甚至有一死百了的念頭，所以當柳易問她在幹嘛時，她反問什麼樣的死法最快速有效且痛苦最少？

"小希，妳可別做傻事啊！等我，我現在就打車過去。"柳易說。

沒等夏小希阻止，電話已被掛斷。

"也好，該來的總歸要面對。"夏小希心想。

不到30分鐘，柳易便已出現在她面前。

"妳有多少時間？"他問，"我的意思是妳總是忙個不停，我得知道還剩多少談話時間。"

"很多。"她答，"我今晚不想打工，也不想談不愉快的事，就讓我們玩個痛快吧！"

過去，夏小希總把時間和精力花在掙錢上，捨不得吃喝，更不懂得玩樂；如今，金錢對她來說已沒那麼重要（如果真嫁到柳家，還需關心身外之物嗎？），這才意識到以前的她對自己有多苛刻，若再不趁機玩樂，一旦走進婚姻的牢籠裡，還有什麼自由可言？

"行，妳打算怎麼玩？我陪妳！"

柳易以為自己答得無懈可擊，但聽在夏小希耳裡卻是一昧地討好。

"你就不能有點兒主見嗎？我若知道怎麼玩，找你幹啥？"

夏小希一抱怨完就緘默不語，以她的性格，絕不會虛晃一下就收手，可見是後悔了。

彼此沉默一會兒後，還是柳易主動緩和緊張的局面。

"怎麼了？"他柔聲地說，"像吃了炸藥似的。"

"沒什麼，"夏小希低下頭去，"對不起，我說話太衝了。"

"妳說話衝又不是一天、兩天的事，除了我，還有誰受得了？"

尋常的一段話卻讓夏小希感慨萬千，是啊！能忍受她的壞脾氣且不離不棄的，這世上除了柳易，再也不會有第二人。

這麼一想，夏小希決定不再鬧情緒，而是把握時間與柳易以朋友的身份瘋狂一晚，因為過了今晚，彼此以朋友相稱的日子應該不多了。

後來，他們吃了一頓豐盛晚餐，又看了一場電影，再到居酒屋飲了幾杯小酒，然後踏著月色而歸。

"這就是我和朋友住的小區，"夏小希說，"不邀你上去了，因為朋友在家，不方便。"

"我知道，我看著妳進去。"柳易答。

"你傻啊！"她笑了，"這時候應該說'讓我和妳的朋友打聲招呼'，不就順理成章進屋去了嗎？"

"妳希望我進屋嗎？妳知道我永遠也不會勉強妳做任何事。"

聽此言，夏小希哭得稀里嘩啦。

"怎麼了？"柳易拭去她的淚水，"今晚的妳怪怪的喔！是不是遇到什麼麻煩了？"

夏小希遇到的麻煩就是不想與柳易攜手步入婚姻殿堂，卻偏偏找不到正當理由，尤其此人還接近完美，襯得自己很是自慚形穢。

"我是遇到了大麻煩。"她答。

"什麼麻煩？"

這讓夏小希怎麼答？她只能暗示柳易去問他的父親。

"妳的麻煩跟我爸有關？看來我得好好問問。"他說。

令夏小希萬萬沒想到的是柳易一轉身就去跟自己的父親索要答案，這可以從"夏小希一進屋，就收到柳易的來電"中看出。

"今晚夠了，"她關上手機，"就讓柳易好好消化一下吧！"

第三十七章/輕慮淺謀

夏小希的代駕工作是從夜裡十點到次日凌晨五點結束，逢週二休息，月工資八千，除非少了胳膊斷了腿，否則都得準時上工。倘若無故缺席，哪怕一次，當月工資清零。

昨天，夏小希第一次無故缺席，這代表這個月將無半點兒工資進賬，但她不在乎，並且打算重施故伎至月底（反正這個月已經白幹，她索性將曠工進行到底）。

"咦！妳怎麼還在家？不是該上工了嗎？"龐娟一見到夏小希就問。

"犯懶，不想去。"她答。

"那可不行，聽說妳昨天沒去，今天若再不去，妳就丟工作了。"

"誰說的？"

"佟姐。"

夏小希一聽，驚得語無倫次。

"佟……佟姐什麼時候跟妳說的？"

"剛剛，所以我才走出房間察看。"

最近發生太多事，導致夏小希有了倦怠感，但真要丟工作，那可是大事，她還沒想好如何應付無米之炊。

"我現在馬上到會所去，妳可別跟佟姐說有的沒的。"她叮囑。

"知道啦！我對朋友向來講義氣。"龐娟答。

抵達會所時，夏小希已足足遲到兩個多小時，Alice和Lily皆不在（想必正在執行代駕工作），可是一位本不該出現的人卻出現了。

"你怎麼在這裡？"夏小希問。

"我爸說妳在這裡，所以我過來看看。"柳易答。

柳老闆當然知道夏小希在會所做代駕工作，兩人還差點兒因此擦槍走火，而柳易則心疼夏小希，因為此時的她喬裝成男孩子的樣子，可見內心對這份工作有多麼畏懼與不安。

"這是我的工作，"夏小希弱弱地澄清，"替醉酒的客人開車。"

"我知道，辛苦妳了！從今以後，就讓我們柳家來照顧妳吧！"

聽這口氣，柳易應該已經清楚雙方家長的口頭約定，夏小希問他是怎麼想的？

起初，柳易當然反對，因為他知道夏小希是匹野馬，想駕馭她，來硬的絕對行不通，可是他的內心深處偏偏又"樂觀其成"，所以很是矛盾。

"我聽妳的，如果妳有更好的選擇，我會祝福妳。"

聽到這個回答，夏小希忽然想起那個高傲男人，可是很快便被自己給否絕掉。

"沒有更好的選擇，誠如你所說，除了你，沒有人受得了我。"

柳易聽完，心卟通卟通地跳，這是不是意味著夏小希已經接受婚姻的安排？

"妳......什麼意思？"他問。

此時的夏小希，腦海裡盡是柳易待她好的過往記憶，加上兩百萬元的債務，事情已經變得異常簡單。

"我......聽從大人的安排。"她答。

"不，我不要妳聽從大人的安排，我想聽聽妳最真實的想法。"

啊！這就是柳易，實誠地令人憐惜。

"如果你不嫌棄，我們一起攜手度過餘生吧！"

聽夏小希這麼一答，各種情緒湧上心頭，柳易一時沒把持住，紅了眼眶。

"真是的！"夏小希垂打他一下，"都這麼大的人了，還哭，不害臊嗎？"

"噢！小希。"柳易緊緊抱住她，"妳不知道我有多高興，這大概是打從我出生以來最高興的事，比任何事都高興！"

柳易一連說了3個"高興"，可見他有多高興。

就在這時候，長聲口哨傳來，代表客人正清醒著。

"這是什麼聲音？"柳易放開懷中人問。

夏小希左右觀望，Alice和Lily還是沒回來，遂答："喚我去載客人。"

柳易忽然憶起父親的囑託，罕見地勸夏小希別去。

"可是……"

"我父親說了，"柳易很快插嘴，" 一旦訂婚，妳也算是半個柳家人，那麼學費和生活費自然由我們柳家支付，妳無需再為生活操勞。"

"訂婚？"

"是的，在結婚前先訂婚，算是給彼此的適應期吧！"

昨晚，當柳易的父親首次提出訂婚的想法時，柳易是反對的（太快了，不是嗎？），但再一想，這是唯一能讓夏小希接受資助的理由，為了不讓心愛的女人再繼續勞累，所以轉為同意。

另一廂，當夏小希聽說要與柳易訂婚，並且接受柳家的"供養"時，卻是一副悶悶不樂的樣子，因為對於新時代的獨立女性來說，被牽著鼻子走和被物化皆是可悲的事，而更加可悲的是自己還無力反抗。

"隨便，我沒意見。"她答。

此時，長聲口哨再度傳來，而且一連吹了兩次，代表泊車員小許已經失去耐心了。

"走嗎？"柳易問夏小希。

想到此刻就能擺脫一份雞肋般的工作，何嘗不是幸事？夏小希遂用力點一下頭，說："現在就走！"

第三十八章/失之交臂

楊澤顏告訴哥哥——Sam想請他吃飯。

"Sam？哪個Sam？"楊澤岩問。

"就是把你的哈雷騎去武漢的那一個。"她答。

"現在我想起來了，就是那個不告而取，還把我的哈雷成功送進修車廠的非裔。"

楊澤顏一時無言以對，因為說的是事實，但她天生會耍賴，所以三言兩語就把哥哥給說服了。

"訂的是哪家餐廳？"楊澤岩接著問。

"就是上次我還沒來得及吃上八寶鴨的那一家。"

上個月，楊澤岩過生日，因為Sam擅自騎走哈雷一事，兩兄妹當場在餐廳裡撕破臉，如今Sam賠禮道歉，訂的餐廳竟是同一家，也沒那個誰了。

到了約定日，楊澤岩以為自己很大度，已經釋放出最大的善意，理應得到同等對待，然而事實證明有些人就是不值得尊重，請人吃飯竟然還遲到。

" Can you tell me why you're late ？" 楊澤岩問。

" 我遲到了，沒什麼好說。" Sam卻用普通話回答。

用餐期間，本來是修復關係最好的時段，可是Sam卻一語不發，那樣子倒像是被迫出現在餐廳裡。

" 好吃嗎 ？" 楊澤岩這次改用普通話問。

" Not bad." Sam卻用英語回答。

楊澤顏見氣氛不對，開始說起Sam的優點，譬如才學了5年中文，就能用中文吵架，還有，他就讀的大學準備給他一筆獎學金......

" 這樣你就有錢償還我的修車費用了。" 楊澤岩意有所指地對Sam說。

" What the hell are you talking about?"

楊澤顏見會面結果非但沒有拉近哥哥與男友的距離，反而加深彼此的嫌隙，趕緊將脾氣比較暴躁的那一位拉到餐廳外面。

楊澤岩原以為突發事件不過是"中場休息"，哪曉得直接跳到"劇終"——八寶鴨都送上桌了，那兩人還是沒回來。

" 算了，就當是自己吃飯買單吧！" 他心想，同時招手向服務員要了一瓶酒。

等酒足飯飽後，楊澤岩走出餐廳，這才想起自己喝了酒，肯定不能開車上路。

" 老闆，" 泊車員小許哈著腰，" 您需要代駕嗎 ？"

" 需要，麻煩你了。"

於是小許幫著打電話，哪知代駕來時路上出了點兒狀況，來不了了，小許怕客人等太久，遂提議由自家代駕代勞。

（注：會所代駕原則上只服務樓上客人，但必要時，也可服務樓下的餐廳客人，反正都是佟姐的產業。）

"那也行。"楊澤岩答。

然而小許先後吹了三次口哨，夏小希硬是不搭理，若不是剛完成任務的Lily適時接下工作，恐讓客人看笑話了。

等車子一上路，氣急敗壞的小許便想找夏小希興師問罪，哪知連個鬼影子也沒有。

"等著瞧！我一定報告給佟姐，讓妳吃不完兜著走。"小許憤恨想著。

第三十九章/適得其反

夏小希不知道自己錯過了與楊澤岩見上一面的機會，一門心思放在搬家與即將到來的訂婚宴上。

"既然不再需要打工，妳何不搬回學校宿舍？"柳易說。

有了柳家的經濟支持，夏小希的確不用再早出晚歸，但自從搬出去與龐娟同住後，有關她的流言蜚語就沒斷過，她不想再去面對那些三姑六婆。

"我想搬出來住……如果你家不介意出這筆錢的話。"

"說的什麼傻話？"柳易摸摸她的頭，"都是一家人了，還分什麼彼此？我主要是從安全的角度考量，既然妳不願住宿舍，我們柳家當然樂意出錢。"

夏小希考慮了一下後，不確定地一問："你不會也一起搬過來住吧？！"

"當然不會。"柳易嚴肅地答，"心急吃不了熱豆腐，我會一直等到妳全心全意接受我的時候。"

這句話的意思是柳易清楚地知道夏小希是被迫接受這樣的安排（包括眼前的訂婚與以後的結婚），他不想得到她的人，卻得不到她的心，所以願意用無盡的愛與包容來感動她。

「你就不怕到頭來一場空？」她問。

「如果那是最後的結局，我也認了，誰讓我愛妳愛到無法自拔。」

如果這句話由愛人的口中說出，那必然碰撞出無限愛的火花，奈何落花有意，流水無情，此時的夏小希只覺得煩躁。

「能不能陪我逛街？」她說。

柳易正愁兩人相處的時間不夠長，既然佳人主動親近，哪有不願意的道理？只是他錯判了情勢。

「先生，一萬二，支付寶還是微信支付？」售貨員問。

「……信用卡。」

「那也行。」

柳易交出信用卡後，望向夏小希，她正背著新包望著鏡中的自己，眼神很空洞。

後來，他們還分別進了女裝店、鞋店、香水店、首飾店……等，聽著一聲聲的刷卡聲，柳易有不真實的感覺。

「你是不是覺得我是個拜金女？」夏小希問。

「妳以前對自己太苛刻，現在對自己好點兒，怎麼就成了拜金女？」柳易反問。

「可是你的表情告訴我——你不喜歡這一切。」

"如果我的表情讓妳誤會了，很抱歉！那是因為以前的妳很節儉，所以一時沒適應過來。放心，從今以後，妳想買什麼就買什麼，無需考慮錢的事。"

夏小希本想用拜金女的形象來嚇退或噁心柳易，沒想到適得其反，而更加令她意想不到的是——柳易送她回家後，不到一小時便通過微信轉賬匯過來十萬元。

"妳怎麼了？"龐娟問。

"什麼怎麼了？"

"看手機看得眉頭緊鎖，都能夾死一隻蚊子了。"

"我……有人給我匯錢了。"

龐娟一聽，立刻來了精神，忙問是哪個散財童子？

"不是散財童子，是……"夏小希停頓了一下，"是我的守護神。"

"怎麼這麼好？還有個守護神。"龐娟酸溜溜地說，"如果我也有守護神就好了，也不會五百萬元到最後成了一百萬，本來可以開個火鍋店，現在就只能開美甲店了。"

夏小希搞不清楚龐娟是繞圈子罵她還是純粹發牢騷，不過以她大大咧咧的個性，夏小希寧願相信她只是發牢騷。

"不去美國了？"夏小希問，"莫非妳一沒錢，那個老美就翻臉不認人了？"

"也不是不認人，我這是曲線救國，畢竟一百萬元在美國買個房都吃力，我又初來乍到，花的錢可多了去，萬一坐吃山空，再灰溜溜地回來，豈不是讓人看笑話？所以我打算先在國內掙夠錢再出國，老美那人可好了，說願意等我，還會給我精神上的支持。"

這就是龐娟！大概從小遭人白眼多了，一旦有人對她好，她就把整顆心都挖出來奉上，但從另一個角度看，她又冷血得可怕，好比那個逝去的親生兒，龐娟似乎很快就走出陰霾，從臉上完全看不出哀傷，讓人很是不解。

"開美甲店挺好的，至少妳的美甲錢已經省出來了。"夏小希說。

"是的，我的理想是先開一家旗艦店，等穩了再開放加盟，讓別人幫我賺錢，那樣才來錢快！"

看龐娟的雙眸閃著亮光（那是對未來的期許），夏小希羨慕極了！然而下一秒鐘，她就笑不出來了。

"什麼？！"她揚起聲，"妳請的美甲師就要住進我的房間，那我住哪兒？"

"放心，起碼還有五、六天，妳有足夠的時間找房。再不濟，還可以搬到我前幾年買下的房，當時是期房，現在已經交房了，只是房子挺遠的，而且還得找人裝修……我看還是算了，遠水救不了近火，妳自己想辦法吧！"

雖然分道揚鑣是既定的事，但夏小希以為自己還可以慢慢找房，沒料到那麼快就被掃地出門。

"行，我儘快搬走。"

話一答完，夏小希板著臉回房去。

第四十章/心如死灰

都說有錢好辦事，夏小希很快便在學校附近租到一個一居室，月租4000元，加上為了讓租處住起來更加舒適，額外還添了一些傢俱與軟裝。也就是說，短短幾天柳易已經刷了好幾萬元，還沒算上匯給夏小希的十萬元零花錢。

為了博心愛的人一笑，柳易這下是豁出去了，但柳老闆不一樣，他很不高興花錢無度，尤其揮霍的還是他的錢。

"爸，小希以前過得太苦了，所以我不介意花錢讓她開心。如果你介意，我給你打欠條，等我畢業賺了錢，再一筆筆歸還。"柳易對父親說。

柳老闆深知自己的兒子懂進退、識大體，又怎會跟他明算賬？但該說的話還是得說。

"兒啊！媳婦兒是用來疼的，但也不能過分溺愛，我怕你到頭來一場空。"

柳易嘴裡答不會，但其實心裡也怕，他怕夏小希辜負了他，那可比天塌下來還可怕。也正由於懼怕失去，柳易才會義無反顧地傾其所有，包括情感與物質，因為惟有如此，他才能說服自己也有留住人的條件與底氣。

反觀夏小希，故意放縱帶來的包容讓她很不爽，遂加大放縱的力度，連柳易給的零花錢也不放過，可是花得越凶，她就越空虛，不知道活著的意義是什麼？

正當她處於迷茫之中時，佟姐打來電話，問她是不是不幹了？

"是的，不幹了。"她無比痛快地答。

"可是賬還沒結清呢！"

夏小希搞不明白還有什麼賬沒結清？她連這個月的工資都不打算爭取了。

"妳可真是貴人多忘事啊！"佟姐說，"4月12日妳接了個私活，卻沒上報，妳是想讓我跟對方談，還是妳自行解決？"

這下子夏小希想起來了，趕緊聲明自己絕對沒有接私活。

"那麼妳如何解釋那消失的一個多小時？"佟姐問。

聽此言，夏小希首先想到的是"告密者是誰？"，然而眼下不是抓"間諜"的時候。

"事實是……算了，我付吧！多少錢？"她答。

夏小希其實很想把"摺疊車壞了，好不容易才找到修車師傅"再拿出來當藉口，但佟姐不是普通人，不會那麼好糊弄。

"看來妳傍到大款了，"佟姐說，"我也不訛妳，五萬。"

"五萬？"她揚起聲，"還說不訛人？"

“本來沒那麼多，但妳刻意隱瞞，所以得加上懲罰性罰款，這樣才能起到殺雞儆猴的作用。”

夏小希氣得七竅生煙，根本不願再搭理這種人，問題是佟姐不會善罷甘休，而她的零花錢也被自己揮霍得差不多，這如何是好？

思來想去，夏小希只能承諾三天內給錢，請佟姐別去騷擾楊先生。

“還說沒接私活，連人家姓什麼都知道。”佟姐大笑兩聲，“得，只要按時給錢，我絕對不騷擾妳的楊先生。”

夏小希的算盤是讓柳易再給錢，可是當面對柳易時，她卻說不出口，因為這讓她感覺自己很廉價，跟索要過夜費的妓女無異。

“妳想說什麼？”柳易柔聲地問。

“我想說⋯⋯能不能陪我上超市？”她問。

雖然柳易最後付清了超市購物車內的所有費用，但這跟開口索要不同，一旦開了口，性質就不同了。

當夜，柳易又匯來520元（520諧音“我愛妳”）。夏小希收下後，卻無一絲欣喜，因為這與五萬塊錢相距甚遠。

天人交戰一番後，夏小希決定賣掉剛買來的手鏈，只是當初有多豪爽，如今就有多後悔，七萬多元的手鏈，過個手竟然直接打對折。

“這是新買的，妳看發票上的日期就知道。”夏小希說。

“抱歉！二手奢侈品交易就是這個價，您若不滿意，可以上別家問問。”

問下來的結果，出入皆不大，沒辦法，夏小希只能賤賣，但仍有一萬多元的缺口，於是她想到了龐娟。

「沒問題，晚點兒我匯給妳。」

有了龐娟的承諾，夏小希終於能睡個好覺，可是次日醒來，錢仍未到賬，她只能再次聯繫龐娟。

「抱歉！新來的美甲師盜走我手機銀行裡的錢，我現在顧不上妳了。」她答。

「怎麼會……」

「不跟妳說了，我得上警局，妳自己想辦法解決。」

龐娟一掛斷，代表夏小希的問題大條了，因為今天是承諾給錢的最後期限。

「佟姐，我能先給妳三萬五嗎？剩下的，我過幾天給。」夏小希在電話裡懇求。

「行，但過幾天給是雙倍，也就是三萬。」

「哪能這麼算？體育老師也不是這麼教的。」

「妳不給也行，不給我就去騷擾妳的楊先生。」

夏小希最恨別人威脅她，說話也就沒那麼好聽了。

「既然妳都這麼說了，我再客氣就是不識抬舉。」

「是的，妳趕緊去騷擾，可千萬別客氣哈！」

話趕話的結果讓夏小希後悔不已，想到楊澤岩就要用異樣的眼光看自己，她痛苦得想死掉，所以罕見地又去求佟姐。

「晚了，對方已經知曉了。」佟姐答。

完了！令她怦然心動的人已經看到她最不堪的一面，她還有什麼好期待？

掛斷電話後，夏小希心如死灰。

第四十一章/張冠李戴

當老外被通知自己於4月12日跟代駕發生親密行為時，當場愣住了，不過很快便處之泰然，因為這陣子他老往溫柔鄉跑，如果迷迷糊糊（醉酒）的情況下染指了代駕，也不是不可能，於是爽快付錢。

然而夏小希並不知道佟姐張冠李戴，仍為沒能在楊澤岩心中留下一個完美形象而懊惱，好處是她不再猶豫（反正已無形象可言），坦然接受命運的安排——嫁給一個"他愛她比她愛他多得多"的人。

反觀楊澤岩，他也正為一個匆匆一瞥的女人神傷，甚至懷疑自己誤入了平行時空，戀上了一個原本不該有交集的美人兒……

"小希，我父親問訂婚宴妳需要幾桌？"柳易問。

"幾桌什麼？"夏小希反問。

柳易笑了，答："妳總要發帖子給朋友、同學或老師，請他們來觀禮呀！"

夏小希一聽，大驚失色，忙說訂婚是很私人的事，不需要別人來觀禮。

"可是……我家需要。"柳易囁囁嚅嚅地答。

"你家需要就你家請，我……真的不需要。"

柳易憶起夏小希的母親也曾說過類似的話——親戚都不來往了，這筆錢可以省下來。

也許夏家母女有自己的考量，但女方親友若無一人出席訂婚宴，難免引人非議，柳易隱晦地表達自己的擔憂。

"我認為訂婚只是走個形式，"夏小希答，"只要當事人與雙方家長一起吃個飯，再交換一下戒指即可。"

"那結婚宴……"

"結婚宴另說，如果你和你父親非要有這個儀式，我和我媽儘量找人湊齊一桌。"

原本喜慶的事，到了親家那邊卻成了累贅和敷衍，柳易雖不滿意，但也無可奈何。

"我再與父親商量吧！"柳易洩氣地說，"如果沒問題，妳想什麼時候訂婚？"

"越晚越好。"

看柳易臉色不對，夏小希改口期末考試將至，總得等考完試再說。

"妳考慮得沒錯，那麼七月中旬好嗎？那時我們都放暑假了。"

夏小希正打算利用暑假好好玩一玩，彌補過去總是忙於工作的遺憾，她不希望還沒開始玩，就被世俗戴上手銬和腳鐐。

"能不能臨開學再訂婚？"夏小希滿懷希望地問，"訂完婚剛好上課，豈不更好？"

柳易不覺得有什麼好，反倒看出一些端倪。

"小希，妳是不是不想與我訂婚和……結婚？"他問。

雖然這是夏小希的真實想法，但她不能這麼答。

"我當然想與你訂婚和……結婚，但我才大二，那麼早就定下來，難免引人側目，連我自己也覺得太匆促了。"

"原來如此！"柳易大鬆一口氣，"既然妳想低調和慢點兒訂婚，我負責說服我爸，應該不成問題。"

能晚點兒戴上枷鎖，夏小希求之不得，所以當柳易提議看電影時，她答應得非常爽快。

第四十二章／樹洞

在電影院裡，夏小希被身後不遠處的談話聲給吸引住，因為女人說到了馬哈，還提到遛狗，令她忍不住回頭，這一望，嚇得她花容失色，因為女人身旁坐著的正是她魂牽夢縈的人兒。

當燈光暗下，夏小希對柳易說自己需要到外面打個重要電話，結果這一去就不復返，因為她不想讓楊澤岩誤會自己已經有男朋友了……

"他有女伴，妳就不能有男友？"龐娟問。

"那不一樣，我和柳易不算真正意義上的一對。"她答。

"都要訂婚了，"龐娟把薯片咬得咔呲作響，"還不算真正意義上的一對，那妳告訴我——什麼才是真正意義上的一對？"

說起夏小希找龐娟傾訴這件事，她本人也很難理解，真要找原因，大概是她需要一個樹洞，而龐娟的命運比她還慘，不致於笑話她。

"哎！妳不懂，有人就只適合當朋友。"

"我怎會不懂？妳的毛病就出在吃著碗裡，看著鍋裡，小心人心不足蛇吞象！"龐娟又從袋裡拿出一片薯片，"話說回來，我若有妳的美貌，大概也不會甘心將就。"

"不，柳易不是將就。"夏小希很快地答，"只是⋯⋯只是我沒愛上他而已，我指男女之間的愛，妳懂嗎？"

龐娟不懂，在她的世界裡，男人的愛就是情慾，發洩完就沒了，所以她總要抓住那短暫的擁有，來證明自己也曾愛人與被愛。

"妳就是這樣對待不將就的人？"龐娟問，"我指將人扔在電影院裡不管不顧。"

"不是這樣的，後來我給他留言了，說自己忽然肚疼。"

"然後呢？"

"他去給我買藥，接著送上門。"

龐娟拍一下自己的額頭，感慨天底下就是有這種傻瓜！

"妳的錢追回來了嗎？"夏小希轉移話題問。

"應該能追回來，只是流程很煩人。哎！也怪我把賬戶名和密碼寫在備忘錄裡，讓小人有可乘之機。"

"那妳的美甲店還開嗎？"

"當然開，否則我吃什麼？"

就這麼東扯西聊，夜深了，龐娟問夏小希怎麼回去？

"我有摺疊車。"她答。

"都快當有錢少奶奶了，還騎那破玩意兒幹啥？"

夏小希騎它主要是體積小，摺疊起來還能推著走。

"即使當上有錢少奶奶，我還騎它，因為這破玩意兒比健身房裡的動感單車還便利。"

"哈！人傻錢多，說的就是妳！"

聽完玩笑話，夏小希下樓去，然後在月光下騎行而歸……

第四十三章／追狗

為了得到一個合作機會，楊澤岩和他的團隊已經連續加班有一陣子了，好不容易得來一個休息日，他就只想躺在床上睡懶覺，沒料到被突發事件給驚醒了。

"Damn it！"楊澤岩從床上跳起，盯著床邊的排洩物，"楊澤顏，快來處決妳的狗。"

楊澤顏當然沒有處決她的狗，但是很快清理了現場，還噴上Dior香水，也算是做到位了，可是她的哥哥卻不買單，揚言狗今日就得走，否則別怪他下狠手。

"好哥哥，"楊澤顏膩了上去，"你不是玫瑰，何必帶刺？"

"I mean it. 妳以為我在開玩笑？"

這個時候再不轉換話題就是天下第一蠢，於是楊澤顏要哥哥趕緊的，《奧本海默》就要開演了。

《奧本海默》是今年的電影大熱，楊澤岩早想找個時間一睹為快，只是他以為再怎麼著也得等到秋季，沒想到已經上映了。

快速梳洗一下後，楊澤岩換上休閒服，與妹妹來到電影院，這才發現《奧本海默》是即將上映，非正在上映。

"來都來了，看《超級馬力歐》也一樣。"他的妹妹笑眯眯地說。

這哪能一樣？但誠如楊澤顏所言，來都來了，就看唄！

在放映廳坐下後，楊澤顏開始給哥哥洗腦，不外馬哈是她的撫慰犬，這些年若沒有它的陪伴，簡直生不如死，放心，她會僱更加靠譜的人遛狗，家裡絕不會再出現不該有的東西等等。

養狗不遛，在楊澤岩看來很不可思議，但放在自己的妹妹身上卻不違和，如果將來她生了孩子卻交由別人養育，楊澤岩一點兒也不感意外。

當燈光暗下，屏幕上開始出現廣告時，有個人起身，默默走出放映廳……

楊澤岩不以為意，將心思放在屏幕上。

看完電影，楊澤顏說好久沒吃家鄉菜了，作為哥哥的楊澤岩便帶她去吃辣椒蟹、炒粿條和海南雞飯，兩兄妹吃得眉開眼笑。

回家路上，楊澤顏接了一通電話，楊澤岩清楚地聽到1824IIII這幾個數字。

等掛斷電話後，楊澤岩問妹妹方才與誰通話？

"新僱的遛狗人。"她答。

"妳什麼時候僱的？"

"趁你點菜的時候僱的。"

楊澤岩接受了這個說法，但不一會兒便如臨大敵。

"妳為什麼告訴遛狗人房門密碼？"他緊張地問。

“現在都幾點了，再不遛，馬哈又要在家裡大小便了。”

雖然說的是事實，但讓陌生人進屋仍是不安全的，楊澤岩思忖著一回到家就馬上重置密碼。

當車子即將開進小區時，坐在副駕駛座上的楊澤顏忽然大喊：“看！那是馬哈。”

楊澤岩往妹妹手指的方向望過去，還真的是馬哈，它被一個瘦小的女生牽著。

“馬哈的力氣大，不知小女生能不能控制得住？”楊澤岩心想。

結果下一秒就出亂子。

“嘿……嘿……”小女生在後追趕，“別跑！”

見狀，楊澤岩趕緊路邊停車，然後與妹妹一起加入追狗的行列中……

第四十四章/值得感謝的意外

夜深了，夏小希來到楊澤岩所住的小區外，她的想法很簡單，就是跟暗戀對象告別，哪怕只是遠遠地望著……

當那隻狗掙脫時，夏小希是知道的（她並不感覺害怕，尤其狗主人正在後面追趕著），可是越靠近就越不安，怎麼狗好像是衝著她來？

哐啷一聲，夏小希從單車上摔下，她下意識護住頭部，同時喊著：“別咬我！”

狗倒是沒咬她，但蹭得她一身狗味，還好“罪魁禍首”很快被趕來的人控制住。

“妳還好吧？！”

熟悉的聲音傳來（帶著奇怪的口音），夏小希抬頭一望，瞬間傻住了。

同樣傻眼的還包括楊澤岩，他心心念念卻憑空消失的佳人竟然就在眼前。

“妳還好吧？！”楊澤岩再次問道。

「好……不好……腳痛。」

楊澤岩將她扶起，可是下一秒，她又痛得坐在地上。

「她大概骨折了。」楊澤顏說。

這不是夏小希第一次見到這位美得相當跋扈的女人，但對楊澤顏來說，坐在地上的女人卻是頭一回見到（上次兩人面對面時，夏小希做男孩子打扮，還戴著口罩，難怪她沒認出來）。

經妹妹這麼一提醒（女人可能骨折了），楊澤岩立即提議上醫院。

夏小希正愁沒有和男神近距離接觸的機會，如今好運降臨，豈能錯過？

「麻煩你了。」她說。

由於夏小希連站立都困難，得到同意後，楊澤岩抱起她，走向自己的座駕，短短一分鐘的路程，卻是夏小希近日以來最快樂的時光……

「踝關節骨折了，得打石膏。」醫生看診後說。

「多久能正常走路？」夏小希問。

「起碼六個星期。」

這代表夏小希得拄著枴杖參加期末考試，她不禁眉頭深鎖。

「對不起，妳的醫藥費和誤工費，我會全權負責。」楊澤岩說。

「那隻狗是你的嗎？」夏小希好奇一問。

「不是我的，是我妹的，但我難辭其咎。」

聽說那個女人是楊澤岩的妹妹，夏小希快樂得想飛起來，但表面上還是保持神態自若。

"你只需付醫藥費，我還是一名學生，所以沒有誤工費。"她答。

饒是如此，給人帶來肉體上的疼痛與精神上的驚嚇，仍是不爭的事實。

"請給我表達歉意的機會，告訴我，如何能幫到妳？"楊澤岩說。

夏小希的第一反應是謝絕幫助，但再一想，這是上天賜予的良機，得好好把握呀！

"咱們互加微信吧！"她說，"哪天我若需要幫忙，再聯繫你。"

加了微信後，楊澤岩才知道她的名字。

"原來妳叫夏小希，幸會，我叫楊澤岩，木字旁的楊，沼澤的澤，岩石的岩。"

"我記住了。"

"待會兒我送妳回小區，是B座18層，對吧？"

看來那日見面過後，他並沒有忘記她，還有，佟姐似乎沒做出格的事（好比"騷擾"楊先生），否則楊澤岩不會表現得如此大方自然，看來佟姐面惡心善，是夏小希誤會她了。

"我……我搬出來了，就在學校附近。"

聽夏小希這麼一答，過往的懷疑終於有了解答。

"那也沒關係，我載妳回現在住的地方吧！"楊澤岩說。

夏小希當然不反對，於是在楊澤岩的攙扶下，她坐上了勞斯萊斯。

第四十五章／好的開始？或許是。

柳易聽說夏小希受傷了，急得像熱鍋上的螞蟻。

"沒事，已經打上石膏了。"她說。

"不行，沒見到妳，我的心永遠不會安定。"

夏小希知道柳易的犟脾氣，既然無法阻止，只好跟他約在校門口見，下午五點，逾時不候。

柳易下午五點其實還有課，但為了見夏小希一面，他只能逃課。

"看！我不是好好的嗎？"夏小希一見到他便說。

從表面上看，夏小希的右腳踝打上石膏，腋下還拄著枴杖，但面色紅潤，連眼睛都在笑，相較從前，似乎更加健康與明豔動人。

"可是我怕會有後遺症。"他答。

"不會有什麼後遺症，你就是愛操心！"她停頓片刻，"現在看到我了，你可以安心回去了。"

柳易沒料到夏小希會這麼快就趕他走，他認為再怎麼著也得一起吃個飯，可是他的提議卻被打了回票，因為夏小希已經約人吃飯了。

"約的誰？"他問。

"一個好看的男人。"夏小希答，"你何不跟過去瞧瞧？"

柳易聽出夏小希在說反話，而且極可能即將發火。

"好，我不跟去，但妳行動不便，讓我載妳過去吧！"他說。

豈料這樣善意的建議也遭拒，沒辦法，柳易只能怏怏而歸。

柳易走後，夏小希刻意在學校附近徘徊，直到確認柳易真的走了，她才又重回學校大門。

19:50，一輛銀灰色轎車停下，從車上走下來一個男人，他快速扶夏小希上車，因為此處只能臨時停車。

"妳是不是等很久了？"楊澤岩問。

"沒。"

跟夏小希約的是6點，可是楊澤岩卻足足遲到近兩個小時。

"臨時接了個工作，加上交通堵塞，所以……"

"我說了沒等很久，"她對他微笑，"我們上哪兒吃飯？"

"祕密。"

楊澤岩想到的是能俯瞰江景的餐廳，女孩子應該會喜歡，於是將車開往正大廣場。

夏小希曾因柳老闆的關係，上過幾次高檔餐廳，但邊看黃浦江夜景邊啖美食還是頭一回。

“這景色真美，讓人想起十里洋場。”她說。

“什麼yangchang？是羊的腸嗎？”

夏小希噗嗤一笑，問他是哪裡人？當得知是新加坡人時，一切都有了答案，包括他那奇怪的口音。

“你的中文能力不行啊！平常上班怎麼辦？”她問。

“平常上班說英語。”

短短一句話立即將兩人的距離拉開。

“我也希望自己能說一口流利的英語，奈何沒那個環境。”

“那行，以後妳教我中文，我教妳英文，我們共同成長。”

夏小希最想要的愛情便是同心同德、相倚為強，楊澤岩的這番話無疑踩中她的心巴。

“你該不會是開玩笑的吧？你老婆不介意嗎？”她故意問。

“我沒老婆。”

“那你女友……”

“我也沒女友。”

“那……”

“如果妳想問我有沒有別的中文女教師，答案是沒有。”

此刻，夏小希的心無比暢快，但她不能表現出來。

“這樣看來，倒可一試。”她平靜說道。

“是的，折日不如撞日，待會兒我們就找家咖啡館上課。”

夏小希糾正他是擇日，不是折日，發音不翹舌。

“這麼快就上課了？讓我更加期待。”楊澤岩微笑著說。

他倆互望著，盡在不言中。

第四十六章 / 酸甜的滋味

夏小希回家後，心情仍激動不已，這是頭一回她想要光陰走得慢一點兒，好讓她有足夠的時間來回味與楊澤岩相處的快樂時光；反觀楊澤岩，他也已經許久沒那麼開心過，就算夏小希什麼事都不做，什麼話也沒說，只是靜靜地坐在那裡，也是賞心悅目的事。

誰能想到，在這個夏小希與楊澤岩皆無比亢奮的夜裡，有個人正輾轉難眠。

"小希怎麼了？她的眼睛在笑，可是好像不是針對我，還有，她約了誰吃飯？真的是一個好看的'男人'嗎？"柳易想著。

好幾次，這名痴心漢有立即打電話問個明白的衝動，但都被理智給克制住，他不想用軟繩子繫住心愛的人。在他看來，夏小希是自由的，這也是她吸引他的原因，因為他太克己，總是小心翼翼，而她是他的化身，代替他去對抗這個看似有序，實際毫無規則可循且往往出人意表的世界……

接下來的幾個禮拜，柳易都沒有聯繫夏小希，因為他想找出自己害怕的根源（是自己不夠好還是其他？），壓根兒不願去想另一種可能性，那就是問題出在夏小希身上，他再怎麼委屈求全也沒用。

另一廂，柳易的忽然"消失"卻給了夏小希和楊澤岩更進一步了解彼此的機會。

"所以妳父親仍杳無音訊，母親則一個人在老家生活？"楊澤岩問。

"......是的。"

"她那麼辛苦，等妳有能力了，得幫襯一下。"

"那自然是。"

由於長著一張混血兒臉孔，夏小希也不藏著掖著，老實陳述父親的部分，但母親這邊就為難了，如果承認她與僱主有染，這多不光彩！所以做了一些美化，至於代駕這份工作......雖然自己一直潔身自好，沒什麼好丟人，但怕楊澤岩誤會，她還是選擇跳過，只說自己曾在奶茶店打工過。

相較於夏小希的"多所顧忌"，楊澤岩坦蕩多了，不論家世、求學經歷還是交友，都交代得明明白白的。

"我發現在每一段感情上，你皆佔主導地位，這大概是戀情告吹的原因吧？！"夏小希說。

"這就是我，我喜歡掌控一切，如果不能掌控，我寧願不要。"他答。

一般人聽到這話，大概躲都來不及，但夏小希不一樣，她喜歡挑戰，尤其挑戰高難度。

"我也喜歡掌控一切，如果不能掌控，我也寧願不要。"她說。

他們彼此互望，時間彷彿凍住了，但似乎又有什麼在台面下湧動著。

" 我相信這將會是個很好的挑戰。" 楊澤岩首先開口，" 我喜歡挑戰，尤其挑戰高難度。"

此刻，夏小希彷彿遇到另一個自己，她喃喃道：" 是的，這將會是個高難度的挑戰。"

接下來的日子，他倆誰也沒主動搭理誰，這成了一場博弈。

" 如果他不願低頭，那麼失去了也不足惜。" 夏小希心想。

然而越假裝不在意，她的心就越割裂，只能把注意力放在期末考試上，藉以緩解被忽視的疼痛。

同樣痛苦的還包括柳易，他的"刻意"消失並沒有激起任何水花，夏小希一次也沒找過他，如果他病了、殘了、甚至死了，她大概也不知情。

有句話"被偏愛的總有恃無恐"，放在夏小希與柳易的關係上，的確如此，因為縱使被傷透了心，柳易還是決定等期末考試一結束就去找夏小希，而且為了避免"久別重逢"的尷尬，他還精心準備了一套說辭......

" 小希，這陣子我加入書法社，每天都勤練寫字，所以沒來看妳。" 他說。

" 是嗎？" 夏小希邊攪動咖啡邊冷冷地答。

" 妳......是不是生氣了？"

" 生什麼氣？"

" 因為我有好一陣子都沒來找妳。"

柳易不說，夏小希還真察覺不出來（事實上，她的心全在那個"不告而別"的男人身上，對其他事當然反應遲鈍）。

"你沒來找我挺好的，"她特意看了一下柳易的表情，"這樣我們才能靜下心來準備考試。"

聽此言，柳易緊繃的心終於放下，問她何時回家？

"回家？"她驚訝問道，"回哪個家？"

"放暑假了，妳難道不回去看我們的父母？何況訂婚的事也得商量一下。"

柳易用"我們的父母"來含蓋他的父親與她的母親，同時還暗指他倆未來的結合，這讓夏小希很是坐立不安（尤其還提到那個可怕的訂婚）。

"醫生說我的腿部石膏還需一段時間才能拆，我想等到那時候再回去。"她答。

"那麼我陪妳！"

"不，你先回去，我拆完石膏再走。"

"可是……"

"難道訂婚前我都不能獨處一下嗎？你連這點兒自由也不給我？"

話說重了，夏小希又覺得難受，道了一聲抱歉後，陷入無話可說的境地。

聽說女性多少會有婚前恐懼症，這是因為婚後會面臨角色轉換與生活方式的反差，致使一部分人產生焦慮。柳易猜想夏小希大概也有此症狀（雖然這只是訂婚，還未結婚），所以決定不再施加壓力。

"好，我先回去，妳有任何需要都可以隨時call我。"說完，柳易去前台結賬。

等人走了之後，服務員端來一片檸檬蛋糕，說是方才的男人為她點的。

夏小希沉默地吃著蛋糕，那酸甜的滋味，正像她此刻的心情……

第四十七章 / 靠譜的柳易

夏小希說她的腿部石膏還有一段時間才能拆，事實上，沒過兩天她便拆了。少了石膏的束縛，她的身心皆輕快很多，與此同時，想找人說說話的念頭也越發強烈。

"我在店裡呢！" 龐娟在電話裡說。

夏小希也爽快，直接殺到店裡去。

"我以為考完試妳就回家去了，怎麼還賴在上海不走？" 龐娟邊替她修剪甲形邊說。

"我不想面對那個家，而且一回去就得準備訂婚，煩死了！"

"還沒訂下來，妳就如此煩躁，真要訂下來，妳豈不是度日如年？"

這倒是實話，問題是夏小希不知道要如何擺脫桎梏。

"也許妳應該找個有錢人，" 龐娟為她支招，"讓他代妳償還那兩百萬元的債務，沒了債務，妳也不用嫁給不想嫁的人。"

龐娟的一席話猶如醍醐灌頂，可是到哪裡去找這樣的人？夏小希首先想到楊澤岩。

"看來真有這麼一個人，"龐娟意有所指地答，"妳的表情說明了一切。"

夏小希沒料到自己這麼藏不住心裡事，索性放開，沒等龐娟盤問就全招了。

"妳沒聯繫楊澤岩，楊澤岩也不聯繫妳，這事還有救嗎？"龐娟聽完後問。

這也是夏小希"煩躁"的部分原因，好不容易遇到心儀對象，可是對方卻擺出一副可有可無的姿態，真是急煞人！

"我也不清楚，所以才心煩啊！"夏小希答。

話甫歇，美甲店走進來一個人。

"楊小姐，妳來了，今天找誰做指甲？"龐娟笑問客人。

"都行，我今天想綴個珠子。"

於是龐娟喊來3號美甲師，說她最擅長綴珠子。

夏小希一見來人，立即側過身去，龐娟也發現了不對勁，用眼神問她怎麼了？

"她是楊澤岩的妹妹。"夏小希用誇張的口型說，沒發出半點兒聲音。

龐娟得知後來勁，轉頭告訴剛來的客人："我的客人說認識妳。"

夏小希簡直不敢相信自己的耳朵，但又不得不虛與委蛇。

"妳好。"夏小希說，臉色很不自然。

"妳......妳不就是骨折的那一位？"

"......是的，我現在好了。"

"可是妳怎麼在上海？我哥說妳度假去了。"

夏小希不明白楊澤岩為什麼要這麼說？但她沒有糾著這個話題，反而問起他還說了什麼？

"他說如果妳再不回來，他就不等了。"

此時的龐娟插嘴問："不等了是什麼意思？"

"不等了很好理解呀！就是放棄的意思。"楊澤顏停頓了一下，接著火上加油，"我哥那人很受女孩子歡迎，只要他一招手，十之八九都會上鉤。"

夏小希聽完，心跌落谷底。

龐娟把這一切都看在眼裡，決定幫朋友一把。

"我們夏小希也不差呀！"她說，"事實上，她就要訂婚了，男方文質彬彬且有求必應，家境還殷實。"

"原來姓夏呀！什麼時候的事？"楊澤顏問。

龐娟望向夏小希，夏小希給了"八月底"的答案。

"那麼恭喜了！"

楊澤顏一答完，專心與美甲師商量指甲造型，這代表與夏小希（或龐娟）的談話結束。

做完指甲，夏小希快快走出店外，龐娟跟了過去，說："這男的一聽就是個大渣男，還是柳易靠譜。"

"妳不認識楊澤岩，怎能這麼說他？"

"他妹妹都承認了，還會有錯嗎？莫非妳仍不死心？"

夏小希的確還懷抱希望，只是已經非常渺小了。

「誰不死心？我？哈哈！妳也太逗了。」她答。

與龐娟道別後，夏小希決定放縱一下，於是打電話給柳易。

「十萬塊？妳為什麼需要這麼多錢？」他問。

「別問這個，你給還是不給？」

以往都是柳易主動給錢，夏小希從未開口要，如今心情太糟糕，她就想花錢撒氣，所以顧不了那麼多了。

「給，」他答，「不過轉賬不一定實時到賬，妳得等一下。」

結果這一等，夏小希的理智回來了，把到賬的錢又給匯回去，柳易問這究竟是怎麼回事？

「我不過是試探你一下，恭喜，你過關了。」她答。

柳易聽完，長舒一口氣，倒不是心疼錢，而是害怕夏小希遇到了什麼麻煩。

聽著柳易在電話那頭絮絮叨叨，說的全是關心、體己的話。

「也許龐娟是對的，」夏小希心想，「還是柳易靠譜！」

第四十八章/頭一回

與柳易約好三天後見，夏小希忙著打包行李和打掃衛生，當聽到手機鈴響時，一開始她還不願搭理，可是對方很執著，一打再打，她只得接聽。

"聽說妳要訂婚了，恭喜，想要什麼訂婚禮物？"

聽到熟悉的聲音，夏小希差點兒喜極而泣，心想——你終於還是來了。

"你聽誰說的？"她明知故問。

"誰說的重要嗎？問題是訂婚是不是真的？"

"是真的，我媽欠下兩百萬元的債務，我不得不替她償還。"

"這跟訂婚有什麼關係？"

想到楊澤岩是外國人，也許並不清楚內地複雜的人情世故，於是夏小希一條條替他理清。

"我算是聽明白了，這簡單，我替妳還。"

夏小希嚇得張口結舌，支支吾吾地問他難道不怕這是一場騙局？

"什麼是騙？把沒有說成有叫騙，如果真實存在就不算騙，現在妳回答我——妳是不是在騙我？"

"沒有，我對天發誓。"

"這不就好了？"

後來他倆還談了點兒別的，就是不再談錢，所以夏小希也不清楚楊澤岩的真實想法，是一時興起所開的玩笑還是真心實意想替她還錢？

"時間晚了，出來喝一杯吧！"他忽然說。

夏小希以為時間晚了，應該道晚安才是，怎麼約著出去喝酒？

"我的酒量不好。"她說。

"我的酒量也不好，我們淺嚐一下即可。"他答。

結果這麼一嚐，雙雙都喝醉了，還是酒吧老闆替他倆叫的代駕，目的地當然是楊澤岩的家（酒吧老闆與夏小希不熟，不知她家住哪兒？）。

是楊澤顏開的門，看兩保安架著癱了的兩人進屋，很是錯愕。

"不，別把人放沙發上。"她喊。

"不放沙發放哪兒？"保安問。

"放……放床上啊！"

然而看著哥哥與女人躺在同一張床上，她又覺得不妥，趕緊撥打美甲店的電話（想找美甲店老闆娘幫忙），可惜無人應答。

"看來也只能這樣了。"她無奈地說，接著替哥哥和女人蓋上被子。

夜裡，夏小希忽然驚醒，當看到身旁躺著楊澤岩時，嚇出一聲冷汗。

"這是怎麼回事？"她猛拍自己的臉頰，"夏小希，快醒過來！"

定下神後，她憶起自己和楊澤岩上酒吧喝酒，接著便印象全無。

"我該不會和他做了那檔子事了吧？！"

這麼一想，夏小希趕緊掀被檢查，還好衣衫完整，

"放心，我不會趁人之危。"閉著眼的楊澤岩說完，翻身面向她，"不過妳現在答應還來得及。"

什麼跟什麼呦！夏小希立即要他洗洗睡。

"也好，"楊澤岩猛然睜開雙眼，"我們一起洗澡，洗完再睡。"

夏小希忽然坐起，悶不吭聲。

"怎麼了？"楊澤岩也跟著坐起，"我開玩笑的，妳別在意。"

"我......"

"什麼？我沒聽清楚。"

"我還是virgin。"

聽說夏小希還是處女，楊澤岩高興之餘，還有一絲膽怯。

"這是不是你的頭一回？"夏小希問。

楊澤岩已經三十有五，這個年紀的人大多已有性經驗。

"如果我到現在還是個處男，那才有問題，而且問題還不小。"他答。

"你誤會了，我問的是——這是不是你頭一回遇到沒性經驗的女人？"

還真被夏小希給說中了，此時的楊澤岩不免有些不知所措。

"你害怕嗎？"她問。

"有點兒。"

"別怕，凡事都有第一次。"

"妳的意思是……"

夏小希立即用嘴堵上楊澤岩的唇，兩人滾進被窩裡……

第四十九章／魚水之歡

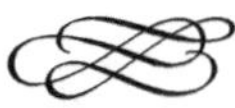

在楊澤岩的親吻與愛撫下，夏小希頗為享受，可是一旦開始進入，她卻只有痛覺。

"對不起，我慢一點兒。"楊澤岩說。

然而色慾當頭，這個男人最終也沒能把持住速度，夏小希感覺自己被深深撕裂。

事後，她緊緊摟住被子，一語不發。

楊澤岩很想說些安慰的話，但話到嘴邊卻又不知從何說起。

"疼嗎？"他親吻她的裸肩問。

"嗯！"

"多來幾次就不疼了。"

夏小希噗嗤一下，問他這是哪來的歪理？

"是真的，那些……女的，從沒喊過疼，反而要的更多。"

一語道出夏小希不過是他的"眾"女友之一。

"我大概是其中表現最差的一個吧？！"她問。

"不，妳這樣很好，我喜歡。"

他們就這麼摟著睡，直到清晨的第一道曙光照了進來……

楊澤岩赤著腳去拉窗簾（昨晚，他妹妹忘了拉上窗簾），可惜晚了，夏小希已經醒來。

"幾點了？"她問。

"快六點了，"楊澤岩上床抱住她，"妳再多睡會兒。"

"我有個毛病，醒了就很難再入睡。"

"那麼……我們做點兒什麼好？"

夏小希擊打他一下，說："怎麼你滿腦子想的都是風花雪月？"

"我發誓，"楊澤岩立即舉起手來，"我想的是妳，絕沒想風花雪月。"

夏小希聽完，愣了一下，接著笑得像個瘋子似的，楊澤岩趁機將她扳過來，開始毛手毛腳。

"你……"

"聽著，我正在上課，這是Breast。"他邊撫摸她的乳房邊說。

"Breast."夏小希重複著。

"這是Penis。"他抓住夏小希的手往下，那裡硬得像根木棒。

"Penis."夏小希繼續重複著。

"這是Heavy Petting."他開始上下其手。

"Heavy......Petting." 夏小希邊說邊呼吸急促。

當所有的性器官和前戲動作名稱都教完後，這位盡責的
"老師"說他要開始好好愛他的學生了。

這一次，他們兩人配合得很好，夏小希也首次嚐到魚水
之歡，像身體的每一個毛孔都在做Spa，暢快無比！

"疼嗎？"事後他問。

"一點點兒。"

"我說了，多來幾次就不疼了。"

夏小希睨了他一眼，沒說反對的話。

第五十章／意外的訪客

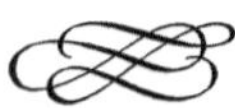

接下來，夏小希和楊澤岩就像一對連體嬰，公園裡有他倆；健身房裡有他倆；餐廳裡有他倆；電影院裡有他倆；K歌房裡有他倆；酒吧裡有他倆……最後的最後，兩人疲憊地躺在床上大和諧……

這樣的美好日子連續過了好幾天，某日，楊澤岩告訴夏小希——他再不上班，老闆就要炒了他。

"我也得回家去了。"她說。

"也好，妳回家帶點兒衣服過來。"

"不，我的意思是回老家。"

本來夏小希向柳易承諾三天後回去，結果一拖再拖，理由千奇百怪，到最後連她自己也說服不了。

"妳什麼時候回來？"楊澤岩問。

"訂完婚回，大概八月底，九月初。"

"說什麼傻話？"楊澤岩抱住她，"妳已經是我的人了，絕不能再和柳一有任何瓜葛。"

"他的名字是柳易，不是柳一，他還不知道我倆的事。"

"那麼現在就打給他，說妳已經和我在一起，兩百萬元我會代妳償還。"

夏小希問他是不是來真的？

"當然是真的。"他答，"給我對方的收款信息，我爭取今日匯出。"

夏小希給了銀行賬戶信息後，楊澤岩看了一下時間，說："我得上班去了，晚上見！"

楊澤岩離開後，夏小希在房間裡磨磨蹭蹭，直到房外傳來鞭炮聲，她才尋聲走到廚房一探究竟。

"妳在幹嘛？"夏小希問。

"自製爆米花。"楊澤顏答。

夏小希以為爆米花是利用微波爐做出來的，眼前卻是一個加蓋炒鍋。

"妳這是吃早餐還是午餐？"夏小希又問。

"吃的是零食，妳也一起吃。"

後來她倆坐下來吃焦糖味的爆米花，楊澤顏還說焦糖味的比巧克力味的好吃。

"是嗎？"夏小希拿起第2顆，"我很少吃爆米花，所以不予置評。"

"那麼拿我哥和妳的前男友比，妳總分得出高低吧？！"

"沒有什麼前男友，妳哥是我的第一個男友。"

"Are you kidding me？No way！"

在楊澤顏看來，夏小希的顏值放在東西方都很抗打，這樣的美人又怎麼可能那麼晚才交男友？這當中肯定有鬼！

"妳別看我哥花錢大手大腳，其實沒想像中有錢，而我那真正有錢的爸媽一早就立下規矩——娶妻必須門當戶對。這也是我哥至今還單身的原因，因為他的歷任女友皆好看，但論起家世背景卻一塌糊塗，不符合娶妻標準。"

夏小希的心喀噔了一下，她好不好看，見仁見智，但家世背景的確一塌糊塗。

大概見夏小希沒過多反應，楊澤顏決定加大劑量。

"告訴妳，"她說，"我哥的情史很精彩，上中學那會兒就和班上女同學亂來，是我爸媽既花錢又賠禮道歉，才把事情壓下來。上了大學和工作之後就更離譜了，三天兩頭換女友，最短十幾天，最長不會超過兩個月，所以妳得有心理準備。"

"什麼心理準備？"

"隨時被拋棄的心理準備。"

雖然這樣的報料出自楊澤岩的妹妹口中，但夏小希並不十分相信，因為這不是她眼裡的男友形象（也與他的親口陳述不符）。為了避免心情進一步受影響，她找了個藉口離開。

成功把哥哥的女友氣走後，楊澤顏喜形於色，這是她幹過的諸多缺德事之一，早已沒了內疚一說。

回家路上，夏小希接了一通電話，柳易照例問她什麼時候回來？

"飛機票難買，也許再過兩天吧！"她答。

"妳現在在哪裡？"他又問。

“我買完東西了，正在回家路上，怎麼了？”

“沒什麼，就是問問。”

後來他們又聊了一些家常，直到快近家門了，夏小希的步伐才慢了下來，同時心跳加快，因為柳易就近在咫尺，身旁還有一個行李箱。

“你……什麼時候到的？”她問。

“我昨晚就到，妳……一夜未歸。”

這無疑打了夏小希兩耳光，她心想伸頭一刀，縮頭也一刀，索性攤牌吧！

“因為……”

“讓我先進屋好嗎？我有些不舒服。”

夏小希原以為柳易是因為生氣才漲紅了臉，原來是身體不適。

“當然。”夏小希開了門，“請進！”

第五十一章 / 解除婚約

柳易上機前就已經有輕微的感冒症狀，但他還是堅持上機，因為夏小希遲遲未歸，問她原因也語焉不詳，讓他很是擔憂，而更加令他不安的是兩人隔天才見上面（夏小希一夜未歸），這樣的折磨，柳易不知自己還能忍耐多久。

"讓我先進屋好嗎？我有些不舒服。"他說。

"當然。"夏小希開了門，"請進！"

柳易一進屋就在沙發上躺下，夏小希一摸他的額頭，滾燙滾燙的。

"你發燒了，我們還是上醫院吧！"她說。

"走不動了，"他氣若游絲地答，"讓我先躺會兒。"

於是夏小希找出退燒藥讓他服用，接著又給他貼了塊退燒貼，然後靜靜地守在他身旁。

"小希。"

"嗯？"

“有妳在我身邊，我感覺幸福。”

“說什麼傻話？你趕緊好起來才是真的。”

“不，等我好起來，妳又要將我推得遠遠的，所以我寧願長病不起。”

真是一語成讖！不到一小時，柳易便出現喘息加重、呼吸困難、咳濃黃痰等症狀，很明顯，感冒引發了他的哮喘。

事不宜遲，夏小希遞上噴霧劑後，緊接著呼叫救護車。

當車子抵達醫院後，柳易立即被推進急救室。

“柳易，你一定得好起來！”夏小希邊祈禱邊撥打柳老闆的手機號。

柳老闆一聽說兒子進了急救室，立馬驅車前來，同行的還包括夏小希的母親。

“情況怎麼樣？”柳老闆一見夏小希就問。

“現在回到觀察室了，但還不能見訪客。”

“怎麼忽然就這麼嚴重？”夏母喃喃道，“小希，柳易昨晚還好嗎？”

昨晚，夏小希正與楊澤岩纏綿著，壓根兒不知道柳易在自己的房外守到天亮。

“還……還好。”她心虛地答。

“不關小希的事！”柳老闆持平地說，“很多情況都會引發哮喘，譬如天氣變化或空氣污染。攤上這病，就得時刻提心吊膽，小希，辛苦妳了。”

夏小希沒料到柳老闆兜了一圈，又點名到她，還是以一種令人汗顏的方式。

“哪裡，我什麼都沒做。”她說。

「妳能答應與柳易共度一生就已經很好了，無需再做什麼，如果他的親生母親還在，也會感謝妳。」

聽此言，夏小希總感覺哪裡怪怪的，柳老闆似乎話中有話，果然等夏母一離開，他便問她那兩百萬元是怎麼回事？

夏小希的心喀噔了一下，不久前，楊澤岩才說自己事忙，取消晚上的見面，她完全沒想到在如此繁忙的情況下，他還抽空匯了款。

「你收到了？」她問。

「收到了。」

「那錢……是我向朋友借的。」

「還錢的用意是什麼？解除婚約？妳就不怕柳易傷心？」

這事原本就不該怪夏小希，她是被趕鴨子上架，如今還遭到道德綁架，此時的她也顧不了那麼多了。

「你擔心兒子傷心，人之常情，但我呢？誰來同情我？」

「我以為柳易足夠優秀，而我們柳家的條件也不差，怎麼到了妳眼裡，就什麼都不是？」

「別模糊焦點，兄妹之情哪能變成男女之愛？這是按牛頭喝水，太強人所難了！」

柳老闆見大勢已去，只能退一步央求夏小希保密，直到柳易康復後再談解除婚約的事。

「沒問題。」她豪爽地答應下來。

夏小希以為這是她和柳老闆之間的祕密，豈知隔天一早，她母親便打電話質問：「柳老闆說的可是真的？」

「他說了什麼？」她反問。

“他說妳找人還清了兩百萬元，並且解除與柳易的婚約。”

夏小希心想既然柳老闆什麼都說了，她也無需隱瞞，索性承認了。

“那個姓楊的是妳什麼人？”她母親接著問。

夏小希一時迷糊，怎麼柳老闆連這個也知道？後來再一想就明白過來了，匯款單上不是寫了匯款人姓名嗎？

“他是我的⋯⋯好朋友。”夏小希答。

“男朋友？”

“⋯⋯嗯！”

“能出兩百萬元，妳肯定跟人睡了。”

夏小希沒料到母親會如此粗鄙，把一件浪漫唯美的事說成了交易。

“我和他是真感情，與錢無關。”

“無關？”她母親冷哼一聲，“他有沒有讓妳寫欠條？”

“沒有。”

“附加條件？”

“沒有。”

“那就奇怪了。”

夏小希想不通這有什麼好奇怪的？兩人相愛再純粹不過，換位思考，哪天她有能力了，楊澤岩若需要幫忙，她也會鼎力相助。

針對這樣的剖析，夏小希的母親根本不買單，還說自己的女兒蠢，捨棄一條康莊大道，反而走向荊棘密佈的羊腸小徑⋯⋯

"就算是，路是我選的，怎麼也會走完，所以不勞妳費
心！"她說。

"妳就會氣我！到時候別哭著求我替妳擦屁股。"

她母親憤然掛斷電話後，夏小希喃喃道："誰求妳了？
自己的日子都過得亂七八糟，反倒教訓起我來。"

第五十二章／遇上麻煩

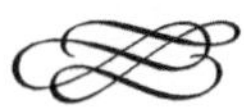

中午，楊澤岩約夏小希晚上一起吃飯。

由於夏小希的母親和柳易的父親正在上海，她不想被撞見（雖然這樣的機率並不高），所以找了個藉口推脫。

"兩百萬元我已匯出去，對方應該收到了。"楊澤岩又說。

"已經收到了，謝謝！"夏小希答。

"已經收到了？那妳還不跟我見面？"

夏小希忽然想到母親說過的話——有沒有附加條件？

"這是兩百萬元的附加條件嗎？我的意思是隨傳隨到。"

"妳想到哪裡去了？我不過是開個玩笑。"楊澤岩停頓了一下，"既然妳晚上有事，改天再見也一樣。"

掛斷電話後，夏小希仍心情微恙，顯然，她母親的負能量已傳染給她，讓她成為令人討厭的人，而這是她最討厭的事。

到了晚上，夏小希的母親打來電話，讓她上醫院一趟。

"不去！"她答，"今天早上才見過，總得把晚上留給人家父子。"

柳易已轉入加護病房，而加護病房的會客時間一天只有兩次，分別為上午 11:00～12:00和晚上 19:30～20:30。

"是柳易想見妳。"她母親聲明。

"我說了，今天早上才見過。"

"見過又想見，妳就不能遷就一下病人？"

如果病人都能得到優待，夏小希寧願自己也生病了，但任性的話只能想想，真要說出來，反倒顯得幼稚。

"我把話說在前頭——我和柳易沒戲，現在所做純粹是配合你們二位大人。"她說。

"知道了，妳趕緊過來。"

夏小希打車抵達醫院時，會客時間僅剩十分鐘，她幾乎是跑著進加護病房。

見夏小希進來後，柳老闆和夏母很識趣地離開。

"什麼事急著見我？"她問。

"我明天轉入普通病房，會客時間改為上午10點到晚上九點。"

"就這？"

"我怕妳撲了個空，又怕妳11點才來。"

"你可以讓我媽傳話呀！"

"我想親口告訴妳……事實上……是我想妳了，早上見過又想見，怎麼辦？"

一句"怎麼辦？"讓夏小希很是為難，她已不再是他的新娘，而他還不知情。

"你好好養病，"她假裝整理他的被褥，好掩飾心裡的慌亂，"別胡思亂想！"

柳易趁機抓住她的手，說："謝謝妳沒有放棄我。"

這是什麼跟什麼？夏小希只覺得心煩意躁，還好護士及時通知會客時間已到，讓她有了喘息的機會。

隔天，夏小希死活不肯再去見柳易，是柳老闆低聲下氣地求她，她才又勉為其難地出現。

"等我出院了，我們去選訂婚戒指，聽說女孩子都喜歡Tiffany和Cartier。"柳易說。

"隨便。"

"訂婚只有一次，可不能隨便。"

"那就Tiffany。"

講完訂婚戒指，柳易又提到訂婚宴，雖然夏小希說過想低調，但他家比較老派，"偷偷"訂婚不合適，還是得請客，就5桌，只請親朋摯友。

"不多，是吧？"柳易問。

"……嗯！"

"訂婚宴吃潮汕菜，妳覺得如何？"

"……好。"

"對了，哪天我們一塊兒去試菜，如果覺得哪道菜不好吃，還來得及更換。"

至此，夏小希的忍耐力已達到極限，她推說自己肚疼，轉身便逃離醫院。

"到哪兒？"出租車司機問。

夏小希現在最想見的便是楊澤岩，於是說出小區名稱。

當楊澤岩到家時，夏小希已在床上等他。

"什麼事急著見我？"他問。

夏小希什麼話也沒說，而是以行動代替。事後，他倆躺在床上大喘氣。

"小希，妳是不是遇到什麼麻煩？"他問。

"為什麼這麼說？"

"直覺，否則妳不會這麼……狂野。"

夏小希的確遇到了麻煩，她的麻煩是無法面對柳易。

"沒遇到麻煩，只是想你了。"

"那就好。"楊澤岩下床穿衣服，"我得回公司了，妳何時搬過來？"

"你希望我搬過來？"

"當然。"

夏小希現在住的房，租金還是柳家付的，一旦事情說開後，自然不好再繼續住下去。

"我得打包一下，就這一、兩天吧！"她答。

楊澤岩聽完大喜，在她的臉上小啄一下後，出門去了。

第五十三章/一石二鳥

想當初說好只收留3個月，如今好幾個月過去了，加上夏小希就要搬進來，為了屋簷下的和諧，楊澤岩不得不下最後通牒。

"是不是那個女人要你這麼做的？"楊澤顏火冒三丈地質問。

"與她無關，我和妳約的是3個月，早過期了。"

楊澤顏根本不信，夏小希沒出現之前，一切都好好的，現在她一來，哥哥就下逐客令，天下哪有那麼湊巧的事？

"我沒錢，你讓我搬到哪裡去？"楊澤顏開始耍無賴。

"妳可以回新加坡，或者搬到老黑那裡去。"

楊澤顏的男友Sam是一名來自非洲的留學生，住的是學校宿舍的二人間，除非他的室友眼瞎兼耳聾，否則根本不可行！

"我不搬，"她坐了下來，"除非你幫我租一個，還是允許養寵物的那一種，否則馬哈就留給你養。"

由於清楚妹妹的德性，楊澤岩懶得糾纏，不到一天就租下一個"寵物友好"的老公房，快速把瘟神送走。

原本這是皆大歡喜的事，可是楊澤顏卻一點兒也高興不起來，因為新住處檔次低，既沒有健身房，也沒有游泳池，裝潢還像八〇年代，連瓷磚都是復古小花磚。

楊澤顏把這些罪過都安在夏小希的頭上，若不是她，哥哥也不會翻臉不認人，於是一個邪惡的念頭產生了……

"楊小姐，妳來了，今天找誰做指甲？"龐娟笑問來客。

"今天我找老闆娘做指甲。"楊澤顏答。

"我可沒我們的美甲師技術高超喔！"

"妳謙虛了，我看上回妳替夏小姐做的就挺好的。"

"妳說夏小希？哈！她是我閨密，就算做得再差，她也不吱聲。"

把話題成功引到夏小希身上後，一切就水到渠成了——楊澤顏順利拿到想要的私密信息，包括夏小希的家境不好，曾做過代駕，母親與僱主不清不楚，還有個對她窮追不捨的男知己……等。

"女生做代駕很辛苦吧？！"她故意問。

"嗯！尤其她做的是酒後代駕，熬夜是必須的，當然辛苦。"

"那……會不會被人揩油？"

"妳指毛手毛腳？女生難免的啦！尤其佟姐的樓上客人又多半不老實。"

"佟姐？樓上客人？"

「瞧我，越講越多，反正啊！為佟姐工作來錢快，妳自行腦補吧！」

雖然老闆娘有所保留，但楊澤顏已經猜出一二——代駕不過是個幌子，實際就是賣淫。

這個發現讓楊澤顏的精神為之一振，她迫不及待要撕開這個婊子的真面目，可是只告訴哥哥還不解氣，最好能一石二鳥。

「妳說夏小姐還有個對她窮追不捨的男知己……」

楊澤顏把話說到一半，好讓龐娟將話接下去，後者果然上當了。

「他叫柳易，條件很好，是夏小希的母親的僱主的兒子，兩人就要訂婚了。」

楊澤顏聽完，無比暢快，原來訂婚是真的，而這個女人腳踏兩條船也是真的，簡直不要臉透了！

龐娟一看楊小姐的臉色，立馬知道壞了，趕緊亡羊補牢：「妳別誤會，訂婚的事還說不準，小希仍是自由的，還有，雖然她曾做過代駕的工作，但一直潔身自好，跟別的女生不同。」

這樣的澄清在楊澤顏聽來就是“越描越黑”，不僅沒洗白，反倒坐實她之前的猜測。

「我沒誤會啊！有藍顏知己很正常。對了，這個男人是做什麼的？在哪裡上班？」

「他還是個大學生，放暑假了，理應回老家去，可是為了夏小希，他又回來了。」

「妳的意思是——他人在上海？」

「正確地說是入院了，哮喘。」

楊澤顏還想進一步套出醫院名稱，可惜龐娟也不清楚，不過這難不倒楊澤顏，因為有名有姓有病因，還怕查不出來？

"謝啦！"楊澤顏審視自己剛完成的美甲，"妳做的不輸真正的美甲師。"

龐娟呵呵呵地笑，絲毫不掩飾內心的得意。

第五十四章/互別苗頭

楊澤顏以朋友的名義拜訪柳易。

"我們……認識嗎？"柳易一見面就問。

"不認識，但不這麼說，醫院不給進。"她答。

柳易思考了一下後，問她有什麼事？於是楊澤顏把一早排練過的台詞全背出來。

"好了，我知道了，妳可以離開了。"他說。

楊澤顏沒料到這個男人在聽到夏小希的醜事後，竟然還能如此平靜，甚至對報料人下逐客令。

"你……不生氣嗎？"她問。

"我當然生氣，因為妳無端闖入，並且講了一些莫名其妙的話。"

"我說的都是真的。"

"在我按鈴前，請妳主動離開，否則就難看了。"

沒達到預期的效果，楊澤顏心情大壞，轉身悻悻離去。

待人走後，柳易陷入無邊無際的黑暗之中，他一心守護的玫瑰如果真的心有所屬，這是最傷的，至於"藉代駕之名，行骯髒交易之實"，以他對夏小希的了解，機率為零，可以忽略不計。

幾個小時後，夏小希來送晚餐，柳易打起精神應對。

"醫院說你明天上午就可以出院了，"夏小希把便當盒放在可移動的桌子上，"意思是明天下午你就能回到家中。"

"哪個家？"

"當然是......老家。"

"妳也一起回嗎？"

這句話把夏小希問住了，她不僅沒有回老家的計劃，而且打算等柳易一離開上海，就要搬去與楊澤岩同住。

"不了，我還有事要忙。"她答。

"可是我們就要訂婚了，也有很多事情待辦，譬如買戒指和試菜。"

夏小希曾答應柳老闆等他兒子康復後再道出真相，如今柳易仍在醫院裡，嚴格來說，還不是時候。

"我......"

夏小希話還沒答完，柳易便改主意，說："沒關係，妳有事就先忙吧！"

隔天，當夏小希正收拾行李時，柳易赫然出現，把她嚇得花容失色。

"我想了想，"柳易說，"戒指可以在上海買，試菜也不用本人去試，咱倆的父母可以代勞。"

"你的意思是......"

「我搬過來與妳一起住，」柳易拉著行李箱進屋，「這沙發夠長，我就睡沙發吧！」

與此同時，柳易也看到地上有幾個攤開來的行李箱，但他選擇忽視。

「你說過你不會搬過來。」夏小希表情嚴肅地說。

「我們就要訂婚了，何必如此生疏？」他環顧四周，「這屋子看著有點兒髒，我先打掃一下，等打掃完，我們再一起出去吃飯，好嗎？」

夏小希一時不知該如何回答，只能默許，等她想到對策時，柳易已打掃完畢。

「想吃什麼？」柳易問。

「咱們別出去吃了，我在家隨便煮煮。」她答。

「那太好了！這是妳第一次為我做飯，我很期待。」

夏小希的廚藝不佳，一向外食或點外賣，但泡個麵還是可以的。

等他倆都坐下來吃麵時，夏小希把準備好的話說出，包括兩百萬元已歸還，她還年輕，想多看看外面的世界，訂婚和結婚的事就算了等等（壓根兒沒提楊澤岩）。

「妳泡的麵就是好吃，比外面的強多了。」柳易說。

「我的話你聽進去了沒？」夏小希著急問。

「聽進去了，不就是取消訂婚和結婚嘛！有什麼大不了的？」

夏小希一聽大喜，趕緊聲明他倆還是好朋友。

「既然是好朋友，那麼我暫住幾天，妳不反對吧？」

夏小希當然反對，但找不到合情合理的理由，畢竟租金還是柳家付的，只能先搞清楚他想暫住幾天再做定奪。

「五天吧！等我訪友完畢就回老家去。」柳易答。

夏小希心想五天應該還能忍受，所以答應下來，但楊澤岩這邊就不開心了。

「怎麼還得等五天？」他問。

「因為……朋友忽然來訪，不好這時候搬出去，所以……」

「妳的朋友是男是女？」

以夏小希的個性，明說才是上策，可是住進來的是容易引起誤會的柳易，這就難了。

「……女的。」

「真的？」

「……真的。」

當楊澤顏道出夏小希的醜事時，做為哥哥的楊澤岩呵呵一笑（這與妹妹過往的滿口胡言脫不了干係），如今夏小希慢半拍的回覆倒讓他起疑，於是溫存過後，楊澤岩提議送她回家，藉以一探虛實。

「不用了，打車很快的。」夏小希說。

「我反正要出去買瓶酒，送妳一程正好。」他答。

縱使夏小希有一萬個不願意，楊澤岩就是鐵了心要送她，她只能答應下來（再不答應就太離奇了，難免讓人生疑）。

車子抵達目的地後，夏小希趕緊下車，哪知有兩個男人同時喊她，一個在車內，一個在二樓陽台。

夏小希無比驚慌，顧不上車內人，快速奔進樓裡去。

楊澤岩抬頭一望，那個男人也正看著他，頗有互別苗頭的意味。

第五十五章/消失的他

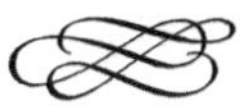

夏小希鐵青著臉回到屋內，柳易問：“送妳回來的那個人是誰？”

“我的男朋友，有問題嗎？”她反問。

“如果他是妳的男朋友，那我算什麼？”

“你什麼也不是。”

一答完，夏小希即刻進房間打電話，可是楊澤岩卻不接聽，看來是真誤會了。

正當夏小希思考該如何挽回局面時，柳易也在思考同樣的問題，他苦戀了這個女人十多年，結果卻被另一個男人給奪走了，那滋味太難受，足以摧毀他整個人生……

柳易越想，情緒越低落，開始劇烈咳嗽，這驚動了夏小希，她走出房間察看。

“你怎麼了？”夏小希蹲下身，“是不是哮喘又發作了？”

柳易繼續咳嗽，沒有回答她的提問，不過看樣子應該是了。

"你的噴霧劑呢？"她邊問邊去翻柳易的包，"怎麼找不到？"

此時的柳易視死如歸，恨不得就這麼掛了，因為夏小希的態度說明了一切，讓他徹底失去求生慾望。

"我求求你了，"夏小希急得像熱鍋上的螞蟻，"快告訴我噴霧劑在哪兒？"

柳易仍拒絕回答，直到咳出黃痰，同時喘不過氣來，夏小希才放棄"從病人口中得到答案"的想法，趕緊撥打急救電話。

二度被送進急救室，而且中間只相隔幾天，不僅柳老闆不解，連醫生都覺得奇怪。

面對質問，夏小希無言以對，因為再怎麼解釋也難辭其咎。

待柳易被推進觀察室，而柳老闆又被醫生叫走，夏母才趁機問女兒："醫生說柳易很可能是情緒性哮喘，是不是那件事東窗事發了？"

"東窗事發"這個成語指的是"不可告人的祕密"被揭發，帶貶義之意，而夏小希不認為她的愛情有什麼見不得光。

"不是東窗事發，而是真相大白，他們兩人見面了。"她答。

"見面了？"夏母很是驚訝，"所以他倆發生肢體衝突，導致柳易哮喘復發？"

"妳想到哪裡去了？"她睨了母親一眼，"他們連話都沒說上，哪來的肢體衝突？"

"連話都沒說上，還能讓柳易情緒激動，妳肯定說了什麼？"

哈！知女莫若母，還真被說中了。

當夏母得知女兒口不擇言時，立即端出陳詞濫調——像柳易那麼好的人卻不珍惜，以後有苦頭吃了。

夏小希也知道自己說話過分，但有時真的是形勢逼人，她也不願那樣啊！

沒想到夏母一語成讖，接下來的日子，夏小希真的吃到苦頭了——楊澤岩開始玩失蹤。

心高氣傲的夏小希哪受得了這個？她上門討要說法，結果卻被拒之門外（大門密碼換了）。在敲門無果後，她只能落寞而歸。

另一廂，"躲"在屋內噤聲的楊澤岩則心情複雜，夏小希的留言他看了，雖然清楚大概的來龍去脈，但他仍選擇"隱身"，因為這個突發事件讓他開始思考很多問題，包括把人圈養起來是一回事，娶回家又是另外一回事，還有，他與夏小希的背景差太多，她又與某個男人有十幾年的交情，這些都不容忽視，想想就令他不寒而慄。

由於一直拿不定主意，當公司有個出差美國的機會時，他果斷毛遂自薦，心想逃離漩渦，也許有助他看清楚事情的本質，從而做出最有利的決定。

然而楊澤岩的自以為是卻害苦了夏小希，她已經將事情的前因後果都交代了，換來的卻是"人間蒸發"，怎不令她往最壞的方向想去？

"相信我，"龐娟邊替夏小希護甲邊說，"男人只要玩起失蹤，大概率是黃了，妳可千萬別試圖挽回，因為變心的男人就算用八匹馬去拉，也拉不回來。"

"誰想挽回了？失去我是他的損失。"

龐娟看了一眼對方神色，知道這是在逞強，遂不再窮追猛打，轉而問起柳易的近況。

"開學了，他當然上學去了。" 夏小希答。

"你倆有沒有下文？"

"也就那樣，沒什麼變化。"

話說得雲淡風輕，但事實卻非如此，這當然與夏母的"通風報信"不無關係。

"柳易，小希與那個男人已經斷了聯繫，如果你的心裡還有她，這是最佳時機，你可要好好把握啊！"

夏母的話讓柳易看到了一絲希望，所以毫無怨言地做到一個"男二"所能做到的最大值，說是把整個身心都交付出去，一點兒也不為過。

夏小希不是木頭，柳易的努力她看到了，心態也開始產生變化——既然不能愛她所愛，那麼被人無條件地寵愛著又有何不可？

所以當柳易第N次邀她共進晚餐時，她答應了下來，並且將用餐地點設在家裡（是的，夏小希仍住在柳家為她租下的房子裡，因為囊中羞澀，她又沒了打工動力之故）。

"可以，但妳無需動刀鑊，我帶外賣過去。" 柳易說。

"好的。"

掛斷電話後，夏小希整暇以待。

第五十六章/枯萎的花朵

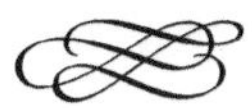

為了兩個多月以來的首次破冰行動，柳易不惜花重金買來omakase便當。

"這是什麼？好漂亮呀！"夏小希說。

便當裝在橙紅色的手提袋裡，有瑪瑙紅和鋼琴黑兩色盒子，分別繫上黑絲帶蝴蝶結，高級感十足。

"這是omakase。"柳易解釋，"在日語中是'拜託了'的意思，同時也指'廚師發辦'，也就是想品嚐美味，但又沒有特定想吃什麼的時候，就交由廚師來決定菜單。"

"也就是說你也不知道便當盒裡裝著什麼，像開盲盒一樣？"

"完全正確。"

夏小希第一次遇到這種情況，所以躊躇了一會兒。

"妳選啊！"柳易催促著。

於是她選了瑪瑙紅的那一個，打開一看，裡面有十貫壽司，看起來都非常新鮮，讓人食指大動。

"你的呢？"夏小希問。

柳易打開鋼琴黑的盒子，裡面裝的是海膽炒飯，上面還有兩坨完整（沒炒散）的海膽。

夏小希早聽說海膽貴（一來營養價值高，二來捕撈難度大），依據"同一家餐廳出品的便當，價格應該相差無幾"的原則，這兩份便當想必都是高價位。

"貴吧？"她問。

"嗯！"

"其實樓下的東北盒飯也不錯，15元一盒。"

怕夏小希誤會他亂花錢，柳易趕緊澄清他平時也捨不得吃那麼貴的，但特殊日子不一樣。

"今天不是節日，也不是我倆的生日，哪裡特殊了？"夏小希問。

"我們已經有76天沒有面對面，今日首次見面，難道不特殊？"

柳易精準地說出日數，代表他很在乎這件事；再往深裡想，夏小希差不多也與楊澤岩失聯76天了。

"妳怎麼看起來有點兒悲傷的樣子？"柳易問。

"日子過得好快，"夏小希打起精神應對，"也許一眨眼，我就成了老太婆，怎麼快樂得起來？"

"如果妳成了老太婆，我便成了老爺爺，不要緊，咱們一起變老。"

用餐過後，他們又吃了夏小希從超市買來的瑞士卷，本來事情到此已告一段落，柳易可以回宿舍去，可是夏小希卻留住他。

“那好，我睡沙發。”他說。

到了深夜，夏小希主動過來與他擠一塊兒，柳易只好側身，以便她能躺得舒服點兒。

四目相望後，柳易給了她一個吻，輕輕的，卻得到夏小希的熱情回應。

“小希，妳確定要？”他問。

“嗯！”

當陰陽調合後，他倆彼此各有所思。

柳易想的很單純，那就是他得為夏小希負責；反觀夏小希，她想的可多了，首先，柳易把第一次給了自己，代表他是個始終如一且不濫情的人；其次，雖然與柳易的第一次還算順利，但她明顯更希望與楊澤岩共赴巫山雲雨，果然身體是騙不了人的，愛與不……那麼愛，涇渭分明。

戳破那層窗戶紙後，夏小希與柳易算是正式開始“半同居”的生活。至於為什麼是“半同居”？那是因為柳易的學校比較遠，課後又常有活動，所以星期一到星期四住校，等到週五才與夏小希同住。

針對此安排，夏小希並不反對，事實上，即使是反著來，她也同樣不反對，反正天天難過，天天過，只要熬到兩腳一蹬的那一天，也就解脫了。

夏小希的日益消沉，柳易也感覺到了，但他以為這是一段適應期，過了就會坦途一片，所以依然對未來的美好生活充滿信心。

“我走了，”柳易說，“這個星期五見。”

“好。”

“愛妳！”

“嗯！”

柳易親吻一下夏小希，然後走入週一的朝曦裡……

第五十七章/絕處逢生

一轉眼，夏小希大學畢業了，由於柳易晚了一年入學，他倆商議等明年柳易一畢業就結婚。

這一天，柳易說想送夏小希一個畢業禮物，兩人上街去，就在國金中心商場內，一個懷裡抱著一個黑小孩的女人與他倆擦肩而過，夏小希忍不住回頭望。

"妳認識？"柳易問她。

"……不認識。"

哪知兜了一圈又遇上，這次楊澤顏認出她來了。

"看來妳的日子過得挺好的，"楊澤顏又看了一眼那個橙色袋子，"買到想要的包沒？"

"沒，得先配貨。"

"是的，他家是1比1.5，也就是一個10萬元的包，得買5萬元的配貨，總共得花15萬元才有可能把包拿下。"

夏小希原本也沒想要那麼貴重的禮物，但柳易說畢業是大事，既然要買，當然得買個天花板級別的。

此時，楊澤顏懷裡的娃開始哭鬧，兩人不得不匆匆道別。

"她是誰？"柳易問起遠去的人。

"龐娟美甲店的客人，我也不太熟。"

一場偶遇就這麼結束了，夏小希不知道的是此刻她魂牽夢縈的男人也在商場裡……

"Jack怎麼還哭？"楊澤岩說，"不是看到熙熙攘攘的人群就不哭了嗎？"

想當初，楊澤顏不聽勸阻，執意生下與男友Sam的愛情結晶，被家人列為"拒絕往來戶"之後，只能依靠哥哥，目前兩大一小（外加一條狗）住在能看得到江景的商品房內。

"本來沒哭，結果看到不該看到的人，又哭了。"楊澤顏解釋。

"不該看到的人？誰呀？！"

"夏小希。"

聽到這個名字，楊澤岩激動得拿不穩咖啡杯。

"小心你的咖啡！"楊澤顏護住自己的裙子，"我的這條裙子可貴了。"

楊澤岩不予理會，急著問她是在哪裡見到夏小希？

"十分鐘前還在一樓，現在在哪裡就不清楚了。話說回來，你倆還是不見為妙，她已結婚，老公看起來很寵她，還給她買昂貴的包。"

一聽說夏小希結婚了，楊澤岩像洩了氣的皮球，沒想到楊澤顏繼續落井下石。

"其實就算夏小希沒結婚，以你目前的狀況，大概也難。"她說。

"知道了，"楊澤岩垂頭喪氣的，"這件事不提了。"

時間回到當年至美國出差時，楊澤岩為了搶回自己的手機，挨了搶匪一刀，由於傷及腰部神經，造成左腿肌肉永久性損傷，現在走路一瘸一拐，已難再現當年的風采……

以楊澤岩那樣驕傲的個性，又怎會讓自己以如此不完美的形象出現在夏小希面前？這也是他回到國內後繼續"失聯"，同時火速搬家的原因。如今聽說夏小希已婚，他內心僅有的一丁點兒希望已然幻滅，是時候斬情絲了。

然而越讓自己不去想，楊澤岩就越難以忘懷，朝思暮想的結果，他開始有了抑鬱傾向，這大大影響到工作。公司領導建議他休假兩週，如果屆時還是無法回到原來的狀態，那麼抱歉了，只能另謀高就。

聽說哥哥為了夏小希，極可能丟了工作，楊澤顏如臨大敵，因為她全家（一人一狗一baby)都仰賴哥哥過活，這棵大樹可不能倒呀！

"哥，我要向你坦白一件事——夏小希有沒有結婚還不一定，我只是感覺她可能結婚了。"

"什麼意思？"

"意思是她可能結婚，也可能沒結婚，你何不親自問她？"

知道妹妹張口胡言後，楊澤岩又燃起了希望，可是……

"我知道你擔心什麼，"他妹妹說，"如果夏小希在意你腿瘸，說明她不是真心喜歡你，那麼趁機把兩百萬元要回來吧！你的錢又不是大風颳來的，何必花在不值得的女人身上，你說是吧？！"

楊澤顏不提，他還真忘了那兩百萬元。

"好，我就去問她兩百萬元的事。"楊澤岩答。

第五十八章 / 愛能化解一切

楊澤岩並不在乎那兩百萬元，之所以這麼答是因為這是唯一的藉口，能讓他光明正大地去找夏小希......

失聯近兩年了，楊澤岩不知夏小希是否還住在原來的房子裡，他思忖著如果她搬家了，便向房東或鄰居們打聽，再不濟，還能直接問本人（如果夏小希的社交平台賬號沒變的話），總會有辦法的。

當他站在樓底仰望二樓陽台時，不遠處有人因停車問題吵了起來，而且越吵越凶，楊澤岩的注意力一下子轉移了，當他重新將視線移回到二樓陽台時，沒想到看到久違的人......

起初，夏小希並沒有注意到他，直到將目光從鬧劇中移開，她才發現了楊澤岩，兩人四目相對，天雷立即勾動地火。

"怎麼回事？"柳易聞聲走向陽台。

"沒什麼。"夏小希立即將柳易推回屋內，"不過是吵架，沒什麼好看的。"

當楊澤岩見到陽台上出現第二人時，他的心down到了谷底，原來夏小希真的結婚了，這還有什麼盼頭？

正當楊澤岩躊躇著該不該離去時，夏小希出現了。

"別說話，跟我來。"她快速丟下這句話，然後徑直往前走去。

楊澤岩一語不發地跟在後頭，樣子很是狼狽。

夏小希直到走到某小學後門才止步，同時也留意到走路"奇怪"的楊澤岩。

"你的腳……"她問。

"前幾天跌跤了，不礙事，很快會好起來。"

夏小希聽完後釋然了，但另一種情緒卻爬上心頭。

"為什麼找我？是不是你妹說了什麼？"她又問，

"她說妳結婚了，所以我過來探一探虛實。"他停頓片刻，"妳果然結婚了，是嗎？"

夏小希的第一反應是否認，但那麼許久未見，楊澤岩連問候一聲都沒有，劈頭就問她有沒有結婚，世上哪有那麼粗魯的人？

"是的，我與青梅竹馬結婚了，這還得感謝你，是你把我推給了他。"

任何人都聽得出話裡的陰陽怪氣。

"那就好，我還怕妳等我，耽誤了終身大事，這罪過可大了，我承擔不起。"他說。

夏小希冷哼一聲，心想果然是渣男啊！

"你找我就為了問我有沒有結婚，你就這點兒出息？"她諷刺。

“當然不是，我還想要回我的兩百萬元。”

話一答完，楊澤岩就後悔，因為這不是他的本意。

夏小希本來還懷著希望，聽楊澤岩提錢，她為他精心打造的夢幻城堡轟然倒塌。

“是的，兩百萬元不是個小數目，當然得要回來。你放心，今日我便叫……叫我老公將錢匯給你。”夏小希的喉嚨發乾，“你還有別的事嗎？”

“……沒。”

“那我走了。”

當夏小希走到巷口時，楊澤岩才意識到他將失去什麼，用盡全身力氣喊著：“小希，我愛妳。”

本來夏小希邊走邊流淚，聽到楊澤岩說愛她，立即停下腳步。

見狀，楊澤岩一瘸一拐地“跑”向她，將她摟在懷裡。

“對不起，我傷了妳。”他說，“兩百萬元我不要了，世俗的束縛我也不要了，我只要妳，好不好？小希。”

一句“好不好？”讓夏小希破防了，她淚如雨下。

“別哭！”他拭去她的眼淚，“看妳哭，我的心好痛。”

夏小希哪捨得楊澤岩心痛，她緊貼他的心房，想聽聽愛的心跳聲，兩人就在陽光下合為一體，誰讓他們還深深愛著彼此……

第五十九章 / 正面交鋒

夏小希與楊澤岩為愛和解了，剩下的就是枝枝節節的事，可憐的柳易還不知情，依舊沉浸在自己的"甜蜜幻想"中⋯⋯

"小希，我得趕寫畢業論文，這禮拜就不過去了。"他說。

"太好了！"

"太好了？"

"我的意思是⋯⋯畢業論文重要，其他都是小事。"

知道柳易這週都不會出現，夏小希連忙跑去找楊澤岩，由於他也正處休假中，兩人一合計，來了一場說走就走的旅行。

當他倆在峇里島遊山玩水時，柳易正孜孜不倦地準備畢業論文，雙方都相安無事，直到飛機飛抵國門，夏小希隨意的一句問話，這才掀開了遮羞布。

"明天你就得回去上班，那腳怎麼辦？你應該再多請幾天假才是。"她說。

針對自己的休假問題，楊澤岩給出的解釋是——請的是病假，因為腿傷。

眼見這個藉口支撐不了多久，加上兩人的關係已經回到水乳交融的狀態，楊澤岩認為時機成熟，是時候坦白了。

"小希，我得告訴妳一件事，妳準備好了嗎？"

看楊澤岩一本正經的樣子，夏小希打了個寒顫，但仍假裝鎮定地答："你說吧！我聽。"

於是楊澤岩把事情本末道出，強調這也是他沒有勇氣去見她，以致一別就是一年多的原因。

"你的意思是你的腿好不了，永遠是一瘸一拐的狀態？"她問。

"是的。"

夏小希倒吸一口涼氣，怎麼楊澤岩"忽然"就成了瘸子？

"妳在意嗎？"他問。

如果說夏小希不在乎，那是騙人的，好比過去幾天，正因為楊澤岩走路不方便，他們不得不放棄很多爬山涉水的景點，如今得知這是永久性傷害，代表從今以後她將面臨生活上的諸多挑戰。

"事情來得突然，能不能讓我好好想一想？"夏小希說。

"當然。"他停頓了一下，"妳放心，我只是腿瘸了，賺錢的能力還在，這點妳大可放心。"

夏小希苦笑著，不知做何回答。

當出租車來到夏小希的租處時，她下車去取行李，楊澤岩則待在車內，因為腿腳不方便之故。

等夏小希拿上行李，楊澤岩按下車窗，說：" 小希，我們晚點兒通電話。"

"好。"

待出租車離去後，夏小希拖著行李箱進屋，這才發現屋內有人。

"你……怎麼來了？"她問。

"想妳了，所以過來看看。"柳易看了一眼行李箱，" 妳去哪兒了？"

夏小希不知柳易何時到，所以很難編造出"圓滿"的謊言。

"我……我跟龐娟去了一趟峇里島。"

"龐娟？"

"是的，就是開美甲店的那一個。"

"當然是開美甲店的那一個。"柳易笑得很勉強，"好玩嗎？"

"好玩。"

由於楊澤岩說過待會兒通電話，怕露出馬腳，夏小希未雨綢繆地關掉手機，然而正是因為這個舉動，讓楊澤岩有了不好的預感（他擔心屋內進了不良份子），直接殺回去一探究竟。

夏小希萬萬沒想到來者竟是楊澤岩，心都跳到嗓子眼了。

" 這是……"柳易問。

楊澤岩同樣也沒料到柳易會在家，照夏小希的說法，他應該週五晚上才會到。

「我是楊澤岩，小希的朋友。」他落落大方地答，但難掩心中的慌張。

「既然是小希的朋友，那麼請進。」

夏小希從未想過這樣離譜的事竟然會發生在現實生活裡，嚇得腳底抹油⋯⋯

「妳就讓那兩個男人廝殺？」龐娟睜大眼睛，「妳好狠啊！」

「不然能怎樣？難道一起加入談判？」

「說的也是。」龐娟大嘆一口氣，「我要是妳，早躲到天涯海角，這他媽的也太為難人了。」

夏小希也想逃到天涯海角，奈何不能。

「妳現在打算怎麼辦？」龐娟問。

「以不變應萬變囉！妳能收留我幾天嗎？」

龐娟是講義氣的，朋友有難，當然得伸出援手，但她的房目前成了員工宿舍，充其量只能讓夏小希暫住在美甲店裡。

「那也行，我就湊合著住吧！」她答。

沒想到隔天開門營業沒多久，柳易就找上門來。夏小希看向龐娟，後者發誓她絕對沒有通風報信。

「不關龐娟的事，是我猜妳在這裡。」柳易澄清。

「看！我真的沒洩密。」此時的龐娟鬆了口氣，說話也有了底氣。

「你想幹嘛？」夏小希問柳易。

「我來接妳回家。」

一句話讓夏小希感慨萬千，接她的終究還是柳易。

"也好，東西都還在屋裡呢！"說完，夏小希跟著柳易
走了。

第六十章/又一個誤會

回家後，柳易像沒事似的，依舊對她關懷備至。

"柳易。"

"嗯？"

"你有話對我說嗎？"

"沒有，妳有話對我說嗎？"

"……有。"

"妳說。"

話到嘴邊，夏小希又吞下，轉而表示她也沒有話要說，晚安！

柳易把燈關上後，一個翻身，壓在夏小希的身上。

"今天不方便。"她說。

"妳的例假應該還沒到。"

"不是那個，而是……"

"而是妳想為楊澤岩守貞。"

夏小希彷彿被甩了兩巴掌，臉上火辣辣的。

"也許我們該好好談一談。"

"沒什麼好談的，"柳易將手伸進夏小希的睡衣裡，"妳欠我的。"

一番朝雲暮雨後，柳易抱著夏小希哭得像個孩子似的。

"小希……求妳……別……別離開我…… 我……好愛……好愛妳……沒有……妳……我……活……活不下去……"

"相信我，你沒那麼脆弱。"夏小希試著推開他，但越用力，柳易抱得越緊，"柳易，你壓得我喘不過氣來。"

此時的柳易才意識到自己太幼稚了，說了聲對不起後，他放開了她。

"你是該道歉，光為了剛才的舉動，我就有權告你。"

"如果換成楊澤岩，妳會為剛才的舉動告他嗎？"

聽這話，夏小希憤然坐起，問："你倆說了什麼？亦或做了什麼約定？我是當事人，有權知道。"

"這句話應該由我來問，妳和楊澤岩說了什麼？亦或做了什麼約定？我是當事人，有權知道。"

一段話懟得夏小希啞口無言。

"妳答不出來，對嗎？"他問。

"我答得出來，我和楊澤岩原本就是戀人，這沒什麼好回避的，至於做了什麼約定……我們還未約定，你就和他見上面了。"

"真的？"

"當然是真的，這點我可以打包票。"

昨日，當夏小希逃之夭夭後，柳易和楊澤岩有了男人間的對話……

"我和夏小希約好了攜手共度一生，希望你能成全。"楊澤岩說。

"我想聽夏小希親口對我說。"柳易答。

"這恐怕有難度，因為她不想傷害你。"

"你和她已經傷害我了，如果不是還有為人子女的責任與義務在，我恨不得殺死你倆。"

如今夏小希信誓旦旦地表示沒有與楊澤岩做過任何約定，這讓他稍感安慰。

"那麼……妳會和他攜手共度一生嗎？"柳易繼續問。

這是個大問題，夏小希還沒想清楚。

"我不知道，現在腦子裡一片混亂。"她答。

"好，我不給妳壓力，不過請答應我——在做任何決定前，請先讓我知道。"

這個要求不過分，夏小希答應了下來。

另一邊，楊澤岩也不好過，因為休假回來後的第一天，他便丟了工作。

"鄧總，這不公平，我還沒開始工作，你不能斷定我拖了團隊後腿。"楊澤岩說。

"正因如此，公司才決定給你N+7的遣散費，這在業界已經算很高了。"鄧總答。

楊澤岩要的是繼續為公司創造價值，而不是遣散費，但他也清楚倘若連遣散費的多寡都已決定好了，反轉的機會幾乎為零。

就這樣，楊澤岩抱著一箱個人物品離開公司，由於心情大壞，回家路上還差點兒撞到一對過馬路的母女。

"Shit." 楊澤岩擊打方向盤，"What a day！"

如果讓楊澤岩冷靜一段時間，也許事情還沒那麼糟糕，偏偏夏小希此時打電話過來，不偏不倚地撞在槍口上。

"我想見你。"她說。

"我不想見妳。"他答。

"什麼意思？"

"聽不懂嗎？我不想見妳，現在不想，以後不想，永遠也不會想……"

等電話那頭傳來掛機的聲音，楊澤岩這才意識到闖禍了，再打過去時，已經無法接通，應該是已被對方拉黑。

"老天！我做了什麼？"楊澤岩很是懊惱，"不行，我現在得專心開車，省得事情越發不可收拾。"

等他到家後，妹妹告訴他——Jack發高燒，得馬上送醫院。於是他又馬不停蹄地開車上醫院，又是驗血，又是擦拭酒精，等一切都結束後，他也虛脫了。

"哥，怎麼你今天提早回家？"楊澤顏一到家就問。

"不說了，我想休息一下，別吵我。"

楊澤岩這麼一睡，直到次日中午才醒，隨便下了碗麵吃，等吃完後，他才開始思考未來的路該怎麼走。

本來，他以為自己可以在這家公司工作到退休，怎料忽然被辭退，眾所周知，中年男人想再另謀出路，難上加難；退一萬步講，回家族企業工作也不是不行，但隔行如隔山，他未必能勝任；再講到夏小希，他當然愛她，但她會愛一個腿瘸又失業的男人嗎？

想至此，楊澤岩搖搖頭，不，縱使她願意，他也不願在愛情裡當一個累贅，那比殺了他還可怕。

理清思路後，事情變得簡單多了，那就是在他找到另一份收入相當的工作後，他才有底氣去擁抱夏小希。

於是楊澤岩開始上網找工作，暫且把兒女情長擺在一邊。

第六十一章／傻男人

楊澤岩說不想見夏小希，現在不想，以後不想，永遠也不會想……

這讓夏小希身心受挫，說是萬箭穿心也不為過，而她的傷痛，柳易全看在眼裡。

"小希，再過半年我就畢業了，等我畢業，咱們一起到美國。"柳易說。

"美國？為什麼？"

"難道妳不想到一個陌生的國度重新開始？我研究過了，加州有華人一百多萬，我們可以做華人的生意，譬如開民宿或飯館。"

美國是一等強國，大把人都想往美國跑，這當中還包括夏小希的生父。

"我不知道，沒想過這個問題。"她答。

"也許妳可以開始想一想，想好了，就得找仲介辦理商業移民，當然，夫妻一塊兒申請會容易些。"

最後一句觸碰到夏小希的敏感神經，她問柳易這是不是在向她求婚？

"我隨時都準備好求婚，就等著妳點頭。"他答。

龐娟知道柳易的計劃後，也敲邊鼓，她說如果事成了，她就能順水推舟，把美甲店開到美國去，屆時他們夫妻二人就是美甲店的股東。

"我還沒想好要不要去，妳怎麼就上綱上線了？"夏小希問。

"這麼好的機會，別人求都求不來，莫非……"

"莫非什麼？"

"莫非妳還在等姓楊的。"

夏小希想起楊澤岩的冷酷無情，不禁一肚子火，揚言就算全世界的男人都死光了，她也不會等他。

"那就好，腿瘸了又失業，嫁過去只會受苦……"

"妳說什麼？"夏小希收回做到一半指甲的手，"誰……誰失業了？"

"楊澤岩呀！原來妳還不知情。"龐娟停頓片刻，"反正他妹是這麼說的，我也不知真假。"

原來這就是楊澤岩對她殘酷的原因，這個傻男人！

想至此，夏小希一刻也不願耽擱。

"喂！妳上哪兒去？"龐娟喊著。

"找楊澤岩去。"

當夏小希抵達小區門口時，恰巧與楊澤顏打上照面，她正推著嬰兒車。

"我哥不在。"她說。

由於領教過楊澤顏的信口雌黃，夏小希並不十分相信。

「妳信也好，不信也罷，反正妳也沒房卡，進不去。」楊澤顏又說。

此話不假，於是夏小希試著撥打楊澤岩的手機號，發現打不通後，才憶起自己曾拉黑他，所以急著在黑名單上除名，可是……

「關機了，對嗎？」楊澤顏冷笑，「他正在面試，怎麼可能開機？」

原來如此！夏小希遂放下心來，也有餘力與楊澤顏搞好關係。

「妳的寶寶叫什麼名字？」她問。

「……Jack.」

「多大了？」

「快一歲了。」

「一歲就長這麼大？」

「呵！妳沒看到他剛出生的樣子，簡直就是個小巨人，護士都說他將來會是籃球界的另一個MJ。」

夏小希不知道MJ是何許人，但這不礙事，因為她倆已打開話匣子。

談了約莫十分鐘後，寶寶開始哭鬧起來。

「看來該餵奶了。」楊澤顏說。

「那好，再見！」夏小希答。

「等等，妳何不跟我回家去？我們可以繼續往下聊。」

就這樣，夏小希成功進到屋裡去。

第六十二章/不負今生

楊澤岩進屋時，夏小希正在洗手間裡。

"回來了，面試結果怎樣？"楊澤顏問。

"還行，我希望他們最後選擇我。"他答。

"我也希望他們最後選擇你，畢竟Jack的奶粉錢還等著你這個舅舅付呢！"

兩年了，楊澤顏一直依賴哥哥生活，以前收入高，楊澤岩少有怨言，但經此次變故（失業）後，他想的比較多，自然舊話重提，不外人要自立，靠山山倒，靠人……

"別說了，你無非想要我和Jack搬出去，好讓別的女人住進來，對吧？"

當楊澤岩老生常談時，倒沒想那麼複雜，既然妹妹給了答案，他就順著答案往下發展。

"對，妳趕緊搬出去，好讓夏小希搬進來。"

"你就那麼篤定她會搬進來？"

"當然，因為我愛她，她也愛我。"

話一答完，楊澤岩見妹妹看向自己的身後，他遂轉過身去，結果看到朝思暮想的人……

"妳……"他驚訝地說不出話來。

見此情景，楊澤顏識趣地帶著兒子回自己的房間去。

當客廳裡只剩兩人時，場面有些尷尬。

"是你妹妹讓我進來的。"夏小希解釋。

"噢！"

"你要我離開嗎？"

他搖了搖頭，接著指向沙發，說："坐。"

夏小希挑了個遠一點兒的位子坐下。

"我沒有傳染病，"楊澤岩苦笑著，"妳不用坐那麼遠。"

於是夏小希挪動一下位子，這次兩人有一個手臂長的距離。顯然，楊澤岩仍不滿意，他主動靠過去，兩人的大腿挨著大腿。

夏小希下意識往旁邊坐，結果被一雙強而有力的臂膀給拉了回來。

"為什麼拉黑我？"他問。

"因為你說不想見我，現在不想，以後不想，永遠也不會想……"

"那是氣話。"

"可是後來你也沒來找我。"

楊澤岩不清楚自己的妹妹有沒有洩露他失業一事，所以有點兒不知該如何應對。

"你怎麼不說話？"她問。

"妳先回答我——妳和柳易斷了沒？"

這次換夏小希無言以對。

"如果妳還和別人交往，我如何找妳？"楊澤岩說。

"所以我們之間的問題就只有柳易？"

"也不全然是。"他思考片刻，最後下了決定，"聽著，我腿瘸了，也算殘疾人，如今又失業，雖然我有信心找到薪水相當的工作，但這段求職期可長可短，妳要想清楚。"

楊澤岩說的腿瘸問題，夏小希每天都在想，現在又加上失業，她應該更焦慮才是，結果卻相反，大概應驗了那句話——蝨多不癢，債多不愁。

"在你眼裡，我就這麼勢利？"她問。

"妳不介意？"

"我當然介意，但……誰讓我愛你？"

最後一句像一陣強風，瞬間就吹走了長久以來籠罩在楊澤岩身上的陰霾。

"謝謝妳，小希。"他無比堅定，"今生我一定不負妳。"

第六十三章/等妳回來

柳易不知道自己大勢已去，依然做著美國夢……

“我認為你應該將精力放在學業上，而不是移民上。”夏小希說。

“不用緊張，我的論文已定稿，就等著答辯完封裝，應該不會有什麼問題。”

“你們也是6月下旬舉行畢業典禮嗎？”

“嗯！6月28日。”

夏小希心算了一下，還有40天。

“柳易，我想出去走走。”她說。

“我陪妳。”

“不，不要你陪。”她急著阻止，“不過你放心，我會在你的畢業典禮上出現。”

聽這口氣，夏小希打算離開一陣子，柳易當然想知道原因。

「我很早就想出國旅遊。」她答。

女孩子獨自旅行有其危險性，而更讓柳易擔心的是——
她不是一個人旅行。

「如果我不答應，妳一樣會去，是嗎？」他問。

「是的，這是通知，不是詢問。」

既然避無可避，柳易選擇相信（不相信又能如何？）。

「妳需要多少旅費？」他又問。

夏小希答他給的零花錢已經足夠，不需要再給。

「那麼我需要讓我父親退回楊先生的兩百萬元嗎？」他
忽然天外飛來一句。

柳易的想法是——如果夏小希給的答案是肯定的，代表
他倆還有戲；如果答案是否定的，那就不妙了。

「你想退就退，不需要問我。」她答。

夏小希沒有明顯說不，讓柳易看到了希望，他接著問：
「妳想到哪個國家玩？」

「泰國。」

據柳易所知，楊澤岩來自新加坡，既然夏小希去的是泰
國，這兩人應該沒有交集才是。

「那好，我等妳回來。」柳易說。

第六十四章/向左走‧向右走（完結篇）

飛機從上海浦東機場起飛，目的地——新加坡。

"妳怎麼跟柳易說的？"坐在夏小希身旁的楊澤岩問。

"我告訴他——我到泰國旅遊。"她停頓了一下，"柳易正準備答辯，我不想讓他分心。"

"我的意思是為什麼我會收到兩百萬元的退款？"

原來柳易真讓他父親退了錢，這用意太明顯了！

"大概他以為這樣就能把你踢出局。"她答。

"那妳是怎麼想的？"

夏小希想的可多了，此次拜訪楊澤岩的家人，倘若被接受，事情可能還簡單點兒；如果不能，她才頭疼，因為要讓柳易相信即使沒有第三者，她也不願跟他，這是非常殘酷的事。

"柳易是我的家人，無論如何，我想把傷害降到最低。"她說。

"我知道，"他握住她的手，"我不會讓妳為難的。"

6個小時後，飛機抵達新加坡樟宜機場，接機的是楊澤岩的堂哥，他說沒想到夏小希會如此年輕，像個大學在校生。

"我已經畢業了。"她答。

"在哪兒高就？"堂哥問。

"還在找。"

"我們楊家在中峇魯新開了一家麵包店，目前缺個店長……"

楊澤岩插嘴說他不知道家裡人還開了麵包店，他堂哥答已有兩年多了，目前新加坡有6家，馬來西亞3家，未來還想開到全世界……

夏小希知道楊家產業涉及飲品、餐廳、酒店和遊艇租賃，沒想到現在又多了麵包店。

"我喜歡吃麵包，當麵包店店長倒是不錯的主意。"夏小希答。

哪曉得見到楊家二老後，話題都圍著麵包店轉，還說一旦夏小希上手後，可以將店開到中國去……

回房後，夏小希問楊澤岩："你父母是不是不喜歡我？"

"為什麼這麼想？"

"因為他們滿嘴都是生意經，似乎對我這個人不感興趣。"

"傻瓜！"楊澤岩邊笑邊擁住她，"如果我父母不喜歡妳，未來的計劃裡根本不會有妳……對了，我們楊家不養閒人，譬如我那不靠譜的妹妹早早就被流放出去，所以妳要有心理準備，如果嫁進來，得為家族做出貢獻才行，除非找到別的工作。"

夏小希陷入心慌意亂中，她沒料到那麼快就通過楊爸、楊媽的考核，還有，雖然她不介意賣麵包，但是不是從此以此為生，還得好好思量一下。

其實楊澤岩的驚訝不亞於夏小希，他只是故意表現淡定而已。事後回想，他父母應該是看他已經三十好幾，腿瘸了，加上又失業，種種不利的情況下，夏小希仍願意跟他，應該就是真愛了，所以也不好太挑剔（換言之，如果楊澤岩還是原來的那個黃金單身漢，夏小希未必能被楊家人接受）。

總而言之，事情順利得讓人感覺在做夢，喜上加喜的是兩天後令人興奮的消息（通過面試）傳來，這代表楊澤岩又重回自己的專業領域。

"小希，妳就是我的貴人，遇到妳，什麼事都能化險為夷。"楊澤岩高興說道。

夏小希當然也為愛人喝彩，沒有什麼比能從事自己喜歡的工作更加值得雀躍，只是楊澤岩激動過後，似乎有什麼難言之隱。

"怎麼了？"她問。

"公司要我3天內報到。"他無奈地答。

"工作是正事，當然得準時報到啊！"

"妳也跟我一起回去嗎？"

夏小希想了想，她還沒準備好面對柳易，所以決定留在新加坡當見習店長，順便鞏固與楊家人的關係。

"妳確定？"楊澤岩問。

"當然，也許我還能幫著將麵包店引進中國，讓你父母從此對我刮目相看。"

見夏小希如此積極樂觀，楊澤岩很感欣慰，這也表示他能安心地隻身回上海去。

就這樣，他倆異地相思了三十多天，直到那個日子的到來……

"小希，妳一個人可以嗎？"楊澤岩問。

"可以，我已經做好準備了。"

"要我載妳過去嗎？"

"不用。"

夏小希與柳易約好在畢業典禮上見，她不打算食言，所以搭上飛回上海的班機，並於次日準時出現。

當柳易上台領取畢業證時，夏小希無比感動，像自己得到證書一樣。

散場後，柳易筆直向她走來。

"恭喜你畢業。"夏小希獻上花，"怎麼沒看到你父親和我母親？"

"妳多久沒聯繫家裡了？他們正在新疆旅行。"

夏小希感到錯愕，她以為這兩人已經漸行漸遠，既然還一起旅行，代表感情還在，但柳易畢業終究是大事，缺席說不過去呀！

"妳是不是在想'柳易畢業是大事，缺席說不過去'？"他問。

被人猜中內心的獨白，夏小希有些難為情，不過這也間接反映柳易有多了解她。

"事實上，"柳易緊接著做出解釋，"是我不要他們特意回來一趟，因為我知道妳會來。"

"這有衝突嗎？"她問。

“有，因為我沒本事留住人，挺丟臉的。”

夏小希再次被暴擊，怎麼事情的發展彷彿按了快進鍵？更甚的是還沒等她問，柳易就直接跳到結尾，問她何時與楊先生領證？

“八字還沒一撇呢！”她答。

“那可不行，我都退出了，他再三心二意，我絕不饒他！”

於是夏小希把近日發生的事都告訴柳易。

“這麼說，妳會待在新加坡一陣子？”

“是的，你呢？”

柳易說雖然物是人非，但他還是決定按照原計劃進行，那就是移民美國，然後在那裡創業。

“那麼……祝你心想事成。”她說。

“謝謝！”

“這句話應該由我來說——謝謝你，柳易。”

“不，不需要，我說過如果妳有更好的選擇，我會祝福妳。”

他們彼此沉默一會兒後，柳易問她何時回新加坡？夏小希答兩天後。

“也就是說我們還有時間坐下來一塊兒喝杯茶……不，還是不要。”

“為什麼不要？”夏小希問。

“我怕我會反悔，又不讓妳走了。”他嘆了一口氣，“咱們還是就此告別吧！”

當柳易轉身時，夏小希喊住他，問他為什麼知道她選擇了別人？

"因為楊先生又把兩百萬元匯給了我父親。"他答。

夏小希沒想到會是這個原因，她還以為是自己的表情洩了密。

"柳易，你要好好的。"她說。

"我會的，"他笑得很苦澀，"妳也是。"

他們兩人，一個向左走，一個向右走，即使不再有交集，但那曾有過的絢爛瞬間，依舊令人刻骨銘心......

（全文完）

【看不夠嗎？B杜的下一本言情小說《謝小桐》正等著您，以下是前三章，先睹為快。】

《謝小桐》

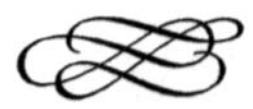

第一章／私自離隊

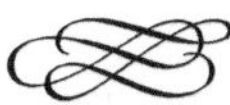

今天，教練告訴謝小桐得退回到省隊。

"我才來國家隊兩年，請再多給我一點兒時間，我一定會證明自己的價值。"她說。

教練搖搖頭，答："妳已經18歲，葉詩文16歲時就已經在奧運會上奪冠……放心，以後還有機會重回國家隊，我看好妳，加油！"

打從四歲起，謝小桐便與游泳結下不解之緣，6歲進入區業餘隊（所謂的3線隊）後，每天固定訓練的時間在1到2個小時，等進入市隊，強度加大，不過還能有一半的時間花在文化課上，一旦進入省隊，那就不是鬧著玩的，12000～13000米的水下訓練是每天的標配，以致於只能利用晚間學習文化課（其餘時間都讓給了訓練），她能感覺到自己與昔日同窗的學業差距越來越大……

在一次重要的省級比賽中，國家教練挑中了她，這對謝小桐來說，也算是天道酬勤的體現（天知道為了進入國家隊，她吃了多少苦，受了多少罪）。哪曉得進入國家隊沒多久，謝小桐就陷入低谷期，她以為自己不會那麼快被放棄，沒想到現實比想像還要殘酷。當"重回省隊"的消息傳來，謝小桐整個人傻住了，因為運動員的黃金時期很短，她不知道以她18歲的"高齡"，是否還能從省隊崛起，再度衝刺奧運會？

正當她收拾個人物品，準備離開時，母親打來電活，告知奶奶離世的消息。

謝小桐與奶奶的感情極好，聽此噩耗，當場痛哭失聲。其他隊員見狀，還以為她是因為離開國家隊才情緒激動，紛紛好言相勸，讓她更加無助與悲傷……

奶奶出殯後，父親把謝小桐叫到一旁，說："奶奶是在睡夢中去逝的，沒經過病痛，這是值得安慰的事，還有，她曾口頭立下遺囑，要把銀行賬戶裡的錢全留給妳，但妳只能將錢用在旅遊上。"

謝小桐的奶奶一生都沒有離開過從小生長的地方，如今她把"現金遺產"都留給了謝小桐，還備註只能用在旅遊上（應該是心疼孫女平常太過勞累），可見她愛孫心切。

後來，謝小桐的父親陪她一同上銀行取錢，一共是15062元。

"妳奶奶一生節儉，這個錢是她從牙縫裡省下來的。"她父親對她說。

不用父親提醒，奶奶的勤儉持家，謝小桐全看在眼裡，所以內心充滿感激。

"有了這筆錢，妳打算上哪兒旅遊？"她父親接著問。

"還沒想好，等我回到省隊，了解訓練和賽事安排後，再做決定。"

雖然重回省隊令她氣餒，但謝小桐從未想過放棄，所以喪假一結束，她便收拾行囊到省隊報到，奈何重回國家隊的心實在太過急切，超時與超量訓練的結果，導致她舊疾復發，隊醫說起碼得休息兩週以上……

"謝小桐，再過兩個月就是全運會了。"教練對她說。

"我知道，但腰背拉傷了，我也沒辦法。"她答。

"也許妳到市隊養傷，把機會讓給後輩。"

"什麼意思？我不過是一時受傷，又不是從此游不動了。"

教練要她冷靜點兒，這不是和她打商量嗎？如果不願意，他也不強求，畢竟勸退也得走程序。

與教練談話過後，謝小桐越想越氣，沒報備就私自離隊，這是犯大忌，最糟糕的情況很可能再也不能回歸。

"小桐，妳想清楚了嗎？"她母親問。

"想清楚了。"她邊打包行李邊答，"反正隊醫說得休息兩週以上，我索性度假去。"

"我的意思是——妳不給省隊打聲招呼嗎？他們正等著妳表態。"

所謂的表態就是為自己的魯莽行為道歉，而她不想在這個節骨眼上給自己添堵。

"等我回來再說，如果心情好就道歉，如果心情不好就免談。"她答。

"那也好，路上小心點。"

她母親一答完，又重回小說世界裡。

聽去世的奶奶講過，當年謝小桐剛滿月，她母親就敢把她放進嬰兒車裡，然後推到門口的大樹下，來個眼不見為淨，自己回屋看小說去（現在看來，對首次出國旅遊的女兒只道聲小心點，也就不難理解了）。

這類離譜的事情經歷多了，也難怪謝小桐總感覺自己有兩個母親，一個活在現實生活中，另一個則活在虛無縹緲裡；反觀謝小桐的父親，雖然他也做夢，但無疑靠譜很多，譬如下班後還會勤勤勉勉地做畫，每年總能賣出一、兩幅貼補家用。

"爸，媽好像經常做白日夢，你也不管管？"某天，她問父親。

"妳母親若不做夢，也不會嫁我，何況她偶爾的靈魂出竅還是我做畫的靈感來源。"

真是一個願打，一個願挨！不過有句話倒是說對了，那就是以她母親的家境，如果不是腦袋不清醒，還真下不了決心下嫁，而那次的一意孤行也直接導致與原生家庭的決裂，直到現在都還沒有緩和跡象，家族中大概也只有舅舅還願意搭理他們一家。

"小桐，我無兒無女，妳就是我的女兒，即使妳想要天上的星星，我也會摘下來送給妳。"舅舅曾對她說。

年紀漸長，她開始質疑話裡的真實性，某天，她真的對舅舅說她想要天上的星星，沒想到幾天過後就收獲一整盒的施華洛世奇八角珠水晶，五顏六色，煞是好看！

然而謝小桐的"星星"夢很快就被她奶奶給扼止了，理由是年輕人不該被華而不實的東西矇蔽雙眼，應該追逐更高一層的內在昇華......

水晶被送回去之後，舅舅曾私下對她說："我先幫妳收著哈！妳隨時可以要回去，還有，等妳再大一點兒，我會給妳買各色珠寶和鑽石，只要妳開心。"

其實，謝小桐對珠寶首飾的興趣不大，之所以這麼要求純屬"打假"，結果舅舅非但沒食言，還應允她更多，待她之好及經濟實力之強可見一斑。

“小桐，”她母親忽然從小說世界裡抽離出來，“妳舅舅知道妳離隊後，說想見妳。”

“什麼時候的事？”她看了一眼牆上掛鐘，“飛機還有五個小時就要起飛了。”

“不是還有五小時嗎？”她母親反問，“他家就在飛機場邊上。”

“在飛機場邊上”純屬胡說八道，不過離得不遠倒是事實。

“好，上機前我順道過去拜訪一下。”她答。

第二章/多金舅舅

因為家族背景雄厚，謝小桐的舅舅很早就實現財務自由，但近年來似乎更加發達，這可以從他出手越來越闊綽且房屋越換越大中看出，好比眼前的這一棟，地下兩層，地上三層，有個大花園，佔地面積超過2畝，屋內裝修豪華，像個皇宮似的。雖然地理位置偏了點兒，但仍十分優越（5分鐘就能上高速公路且配套設施相當完善），周遭環境綠樹成蔭、鳥語花香，是一個非常宜居的安靜小區。

“小桐，妳來了。”她舅舅從房內走出來迎接，身上仍穿著居家服，“怎麼還帶著行李？”

“我坐晚上6點多的飛機到峇里島。”她答。

“這抵達巴黎不得十多個小時？”

謝小桐糾正是峇里島，不是巴黎，印度尼西亞的那一個。

她舅舅噢了一聲後，看向客廳的古董鐘，接著說機場就在附近，還來得及喝杯果汁再走。

謝小桐其實不願火燒屁股了才趕路，但喝杯果汁的時間是有的，於是坐了下來。不一會兒，傭人便端上清甜的西瓜汁，喝起來甘冽爽口。

"怎麼想去峇里島，而不是巴黎？"他問。

"因為我的旅費只有一萬五，去不起歐洲。"

"一萬五？這夠幹啥？"

一說完，她舅舅立即找來手機，直接轉了十萬元給她，還表示不夠再說。

謝小桐今年才擁有自己的銀行卡（以前未成年，銀行卡與父親的賬戶關聯），她舅舅並不知情。換言之，這筆從天而降的財富極可能被父親半路攔截並退回，但謝小桐沒明說，因為逝去的奶奶曾告誡她——收下不屬於自己的東西，最終都會以別種形式失去更多。

"舅舅，你去過峇里島嗎？"她問。

"沒有，我不去東南亞。"他答。

"為什麼？"

"危險。"

謝小桐不知道舅舅的判斷從何而來，但很多外國人到峇里島度假是不爭的事實，應該還是相對安全的。

"媽說你找我，有事嗎？"謝小桐沒忘記此行目的，遂提醒。

"妳不說，我還真忘了。"她舅舅笑了，"聽說省隊教練找妳麻煩，他叫什麼名字？"

"你想幹嘛？"

"用錢疏通一下。"

這個想法立即被謝小桐給否絕了，她寧願被開，也不想走後門。

"我是擔心妳受欺負，既然妳覺得不好，我就不試了，妳知道我不會做令妳不開心的事。"

"謝謝舅舅！"她看了一下時間，"我該走了。"

"我送妳。"

"方便嗎？"

"方便，我每天就上上電腦，時間多的是，而且妳還沒看過我新買的車呢！"

謝小桐的舅舅新近買了一輛帕加尼Zonda HP Barchetta，是帕加尼汽車公司創始人奧拉西歐·帕加尼親手設計的，全球限量3台。

毫無疑問，當這輛寶藍色跑車抵達航站樓時，立即引起騷動。緊隨其後的是一輛勞斯萊斯，兩名西裝革履的男人下車將謝小桐的行李箱從車上取下後，接著就站在僱主身邊眼觀六路、耳聽八方。

（注：帕加尼Zonda HP Barchetta只有2人座，無後備箱和前備箱，所以不具裝載物品的空間。）

"小桐，妳難得出去旅遊，我讓我的保鏢跟著妳。"

聽舅舅這麼一說，謝小桐嚇壞了，揚言若要保鏢跟著，她寧願取消行程。

"我這不是擔心妳嗎？"她舅舅說。

"我沒錢，誰會對我感興趣？再說，我雖然沒學過武功，但體力好，跑得又快，想扳倒我，還得有點兒真本事，所以……真不需要。"

話都說到這個份上，她舅舅也只好屈服，叮嚀她注意安全後，與保鏢一起揚長而去。

興許是猜疑心在作祟，一路上，謝小桐不時左顧右盼，害怕舅舅食言（實際又安排保鏢跟在她身後）。直到上了飛機，她才真正放下心來。

" 飛機會在香港轉機，" 她心想，" 抵達峇里島是隔日清晨七點多，我可以在機上睡個好覺。"

第三章/身無分文

謝小桐在烏布訂了一個專供女性居住的青旅，價格不便宜，一個床位每晚就要60萬印尼盾，但重在安全性高（只限女性居住），位置好（靠近烏布皇宮和聖猴公園），包早餐（多吃點兒，中午那餐可省下來），且有免費課程（譬如冥想課、瑜伽課等）和免費服務（譬如按摩、美甲等）。

她在青旅待了兩天，把免費課程和免費服務都體驗完畢且四周步行距離可達的景點也都參觀了，這才租了輛摩托車，開始環島大冒險。

第一天，主要在北部地區探險，包括德格拉姆梯田、Tegenungan瀑布、藝術市場、海神廟等。

第二天往南，參觀了一些著名海灘和據說是愛情聖地的情人崖（在謝小桐看來，這個情人崖就是一個面朝大海的普通斷崖，唯一跟愛情扯上邊的大概是一個用石頭堆砌起來的心形石雕，適合情侶拍照打卡）。

由於抵達情人崖時正逢日落，謝小桐找了個臨崖酒吧，邊飲雞尾酒邊將美麗的夕陽拍下，哪知一隻頑猴趁她不備，搶走了放在桌上的斜挎包。

茲事體大，她趕緊跟酒保要來一碟花生。

"Hello，花生給你，包還我。"她好聲好氣地對猴子說。

然而可怕的一幕發生了，猴子扔下包，跑過來領賞，謝小桐就這麼眼睜睜地看著她的包直下三千尺……

"老天！"她一把抓住猴子，"看你都幹了……"

話還未說完，謝小桐的右手臂就被狂躁的猴子給咬了一口，留下一道約3公分的齒痕，上面血跡斑斑。

酒吧內的客人都見證了這難以置信的一刻，謝小桐呆在原地，既狼狽又無助……

"讓我看看妳的傷口。"一名小夥子走過來對她說，說的還是普通話。

難得遇到救星（還是個同胞），謝小桐很配合地伸出受傷的右手臂。

"妳的手需要看醫生，但去醫院之前，得先消消毒，妳稍等。"

男子說完，跑到吧台說了幾句，再出現時，手裡拿著一瓶威士忌。

"可能會有些痛，妳忍忍哈！"他說。

當威士忌沖洗傷口時，謝小桐倒不覺得有多痛，但她的心很痛，那瓶威士忌得多少錢啊？！

"好了，現在可以上醫院了。"他停頓了一下，"妳有朋友可以載妳過去嗎？"

謝小桐本來答沒有，但再一想，這豈非證明她是獨自旅行？那太危險了！遂改口"目前"沒有。

男子愣了一下，因為他分辨不出兩者有什麼不同。

"要我載妳過去嗎？"他又問。

"我……我還沒付酒錢……"她漲紅了臉，"事實上，我現在一分錢也沒有，因為現金和銀行卡都在包內，而包已被猴子扔進大海裡。"

話說完，對方仍保持沉默，這讓謝小桐感到害怕，畢竟誰都不願將麻煩攬在身上。

"不用擔心，"男子終於開口，"跟我走就是。"

當他倆經過收銀台時，男子扔下一沓紙鈔就走，謝小桐心想："這是連同我的酒錢也一併付了嗎？"

"妳在幹嘛？我的車在這邊。"

聽男子這麼一喊，謝小桐回過神來，快步跟上。

作者介紹

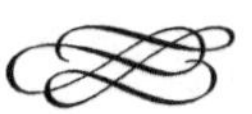

在異國的背景下加入纏綿悱惻的愛情故事是B杜小說的一大特點，她的文筆清新、筆觸詼諧、畫面感很強，讀完小說有種看完一部愛情偶像劇的感覺，特別適合懷春少女及對愛情有憧憬的女性閱讀。

另外，B杜還創作了散文、嚴肅小說、系列小說等，歡迎關注。

ALSO BY B杜

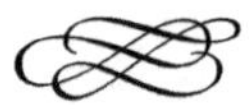

夏小希（简体字版）

Miss Xia （in simplified Chinese characters）

* * *

《法蘭西情人》 Love in France

《東瀛之愛》 Love in Japan

《新西蘭之戀》 Love in New Zealand

《英倫玫瑰》 Love in England

《愛在暹羅》 Love in Thailand

《情定布拉格》 Love in Prague

《獅城情緣》 Love in Singapore

《愛上比佛利》 Love in Beverly Hills

《夢回楓葉國》 Love in Canada

《早安，歐巴》Love in Korea

《我在蘇黎世等風也等你》
Love in Switzerland

《迪拜公主的祕密情人》Love in Dubai

《馬力歷險記1之地球軸心》The Adventure of Ma Li (1):
The Time Axis

《馬力歷險記2之黃金國》The Adventure of Ma Li (2):
Eldorado

《馬力歷險記3之可可島寶藏》
The Adventure of Ma Li (3): The Treasure of Cocos Island

《B杜極短篇故事集 (1～100)》A Word to the Wise (Tales
1～100)

《B杜極短篇故事集 (101～200)》A Word to the Wise
(Tales 101～200)

《B杜極短篇故事集 (201～300)》A Word to the Wise
(Tales 201～300)

《B杜極短篇故事集 (301～400)》A Word to the Wise
(Tales 301～400)

《B杜極短篇故事集 (401～500)》A Word to the Wise
(Tales 401～500)

《B杜極短篇故事集 (501～600)》A Word to the Wise
(Tales 501～600)

《B杜極短篇故事集 (601～700)》A Word to the Wise
(Tales 601～700)

《巫覡咖啡館之梧桐路篇》

The Witch & Warlock Café on Wutong Road

《巫覡茶館之浣紗路篇》

The Witch & Warlock Teahouse on Huansha Road

《鴻溝》A World Apart

《潔西卡》Jessica

《我的泰國養老生活 1》My Retirement Life in Thailand 1

出版社介紹

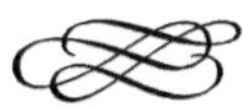

如意出版社（Luyi Publishing）在英國註冊，致力於將優秀作品介紹給全球讀者，聯繫方式如下：

郵箱1：Luyipublishing@163.com

郵箱2：Luyipublishing@gmail.com